偽典・演義

~とある策士の三國志~

giten engi

滸

7

目次

偽典・演義
~とある策士の三國志~

giten engi

漆 7

主な登場人物紹介

李儒（りじゅ）
?（165年）～192年

本作の主人公で、現代日本のサラリーマンが中国・後漢時代の弘農郡の名家に生まれた李儒に転生した。大将軍・何進の部下を足がかりに出世、何進の暗殺後は弘農に隠遁し、陰で董卓や曹操らを操る。

董卓（とうたく）
?年～192年

洛陽を焼き払い、政権をほしいままにした暴虐の人とみなされることが多いが、本作では李儒の手のひらの上で踊らされて出世を果たしている。外見はいかついが、孫娘の董白を溺愛するなど、人間臭い面も多い。

荀攸（じゅんゆう）
157年～214年

何進が全国から招へいした名士20人の1人として大将軍府に出仕して、李儒の同僚となった才気あふれる俊才。とはいえ本家『三国志』では、董卓暗殺を企てたり、曹操に参謀として仕えたりと、わりと機を見るに敏な性格。

袁紹（えんしょう）

?～202年

名門のお坊ちゃん。本家『三国志』では実力者として描かれているが、本作では名門・汝南袁家出身を鼻にかける、器量に乏しい人物として描かれている。一応反董卓連合のトップに立っているものの、組織をまとめ上げるには問題が多々あり。

董白（とうはく）

176年以降～192年?

長安へ遷都した時に、まだ15歳にもなっていなかったにもかかわらず領地を与えられるなど、祖父・董卓が愛してやまない孫娘。小柄だが気が強く、ツンデレ系お嬢様ではあるが、乗馬、武術を一通りこなすなかなかの女傑である。

王允（おういん）

137年～192年

若い頃には「一日に千里を行く名馬のごとき人物」という高評価を得ていたが、長じるにつれて名誉欲がふつふつと湧き上がってくる。史実では美女・貂蝉をめぐる三角関係の末に呂布が董卓を殺す「美女連環の計」を画策したことになっているのだが……。

司馬懿（しばい）

179年～251年

弱冠8歳のお子様でありながら、李儒の一番弟子となった頭脳明晰な少年。キレッキレであると同時に抜け目のない野心家でもあり、後に諸葛孔明のライバルとなる。首だけ180度後ろに回して振り返る「狼顧の相」というホラーチックな得意技を持つ。

偽典・演義 ～とある策士の三國志～ 7

関連年表

189（中平6）年	9月	後宮に参内した何進が暗殺される
		何進の死後、洛陽に入った董卓が実権を握る
190（初平元）年	1月	袁紹を中心に反董卓連合結成
	2月	長安に遷都
		董白が董卓により渭陽君に封ぜられる
191（初平2）年	2月	反董卓連合の孫堅が董卓軍を破る（陽人の戦い）
		袁紹の反董卓連合が董卓軍と虎牢関で激突（『演義』で描かれた架空の戦い）
	6月	反董卓連合、洛陽へ入城
		洛陽で大火
		反董卓連合、洛陽で解散
		袁紹、冀州の韓馥の下へ
	10月	曹操、陳留を実効支配。その後東郡の太守に任命される
	11月	**董白が弘農へ入る**
		袁紹、冀州牧の地位を韓馥から奪取
		荀彧が曹操の配下となる

192（初平3）年1月　公孫瓚の下を劉備が訪れる
3月下旬　司馬懿が長安で王允と面会
4月　劉協、何太后、蔡邕らが弘農に入る
5月　劉弁が勅命を出す

＊太字は小説内で起きたフィクションです。

前巻までのあらすじ

李儒の命を受け、長安に派遣された司馬懿。
その目的は、皇帝・劉弁の喪が明けるのを理由に、弟・劉協、母の何太后、
そして蔡邕らを弘農に連れてくるよう、王允、楊彪と交渉すること。
司馬懿は見事二人を論破し、この困難なミッションを完遂する。
弘農にきた蔡邕は長安の情勢を李儒に報告。それを聞いた李儒は、
背後で王允らを操る諸悪の根源に行き当たる。
そして喪が明けた劉弁が出した勅命が各地に波紋を呼び、
動乱の兆しが見えてくる。

偽典・演義

～とある策士の三國志～

giten
engi

漆 7

第四章 動乱、そして粛清

四六　とある少年の来訪

一

興平元年（西暦一九二年）七月中旬　司隷(しれい)弘農郡・弘農

涼州にてようやく己が置かれている現状を認識した馬騰(ばとう)が、どうやって家を存続させるかということに苦悩するよりも少し前のこと。

「あれが今の弘農、か。さすがに昔とは違うな」

今上の帝こと劉弁(りゅうべん)が、先帝劉宏(りゅうこう)の喪が明けたにも拘(かか)わらず、依然として都である長安へと移動をせず、そのまま政務を執り行っているせいで、暫定的ながらも都のような扱いを受け始めている地、弘農。

その、なんとも微妙な扱いでありながらも、先年の遷都によって大量に発生した流民を労働力として受け入れ、城壁の補修やら開墾やらに活用した結果数年前と比べて数倍規模に拡張された街並みを見て、諸事情により長安から動けぬ父に代わり、家名存続の大任を強制的に背負わされて顔面蒼白になりながらもなんとか無事に目的地へとたどり着くことができた若者は、思わずそう呟いていた。

「中に入らずとも、否、距離があるからこそわかる。確かにあれだけの繁栄を齎した相手を前にしては、決して長安は安泰ではないのだろう。しかし、だからといって私にどうしろというのだ……」

未だ苦悩懊悩を繰り返す馬騰とは違い、早くから『苦悩している時間などない』と判断し、問題解決のために様々な準備をしていた父の慧眼に恐れ入るとともに、その父でさえ戦をする前から『無条件降伏しかない』と判断せざるを得ない状況に追い込んでしまうような存在を相手に、自分の命と家の存続を懸けて交渉を行わなければならないという現実を突きつけられた若者は、文字通り頭を抱えていた。

「父上曰く『このまま座して待っているようならば一族郎党が逆賊として処刑される。さらに交渉に失敗しても同じく逆賊として処刑される。かと言って交渉に成功したとしても私たち親子が生き延びる可能性は極めて低い。よって家名を残せるだけでも最良の結果と思え』だったな。何故ここまで追い込まれるまで動かなかったのか。……いや、ここまで気付かせなかった相手を褒めるべきなのだろうな」

父を高く評価するが故に、その父を追い込んだ相手の評価はさらに高くなる。

「せめてもの救いは、今ならまだ助かる可能性もあるということだけ。うぅ……頭だけではなく腹も痛くなってきた」

状況的に最悪ではないとはいえ、限りなくそれに近い状態であることに変わりはない。

そんな中で、これから家の存続と自分の命を懸けた交渉に赴くという現状に頭と胃を痛め、伴の者から心配と哀れみの視線を受けているその若者は、弘農郡を代表する名家、弘農楊家の嫡男。楊徳祖といった。

ところ変わって弘農の宮城内議郎執務室。

「ほぇ？　司馬懿(しばい)に客人が？」

「はい。そのようです」

「珍しいですね？」

「そうですね」

未だ一三歳と若いものの、実家は司隷河内(かだい)郡に荘園を持つ名門であり、家長である父は現職の京兆尹(けいちょういん)であり、自身も正式な議郎にして皇帝の側近にして、太傅(たいふ)の直弟子であるという、属性てんこ盛りな少年こと司馬仲達(ちゅうたつ)。

その立場に鑑みれば、常日頃からそれなりに来客が訪れ、帝への口利きなどを依頼されている立場なのだろうが、今のところ彼を訪れる人間はそれほど多くはない。というかほとんどいない。

それは何故か？

まず、年功序列が当たり前な古代中国的価値観に鑑みれば、如何(いか)に正式な職に就こうとも一三歳の若者に頭を下げて何かを頼むのは外聞が悪いということ。

次に司馬懿に接触して、うまく騙してなんらかの交渉を成功させることができたとしても（実際それだけでもかなりハードルが高いのだが）、その後で彼の背後にいる者から目を付けられては意味がない（実際彼を騙して利益を得るという偉業を成し遂げた者が現れたなら、どこぞの腹黒は諸手を挙げてそれを成した人物を賞賛するのだが）ということ。

さらに、少し前に長安で司徒である王允(おういん)や司空である楊彪(ようひょう)を完膚なきまでに論破したことで、彼らの派閥から敵視されているために距離を置かれているということ。

さらにさらに普段司馬懿の傍には、付き人にして同門にして同僚の徐庶(じょしょ)や、正体不明の『謎』の覆面を着けた少年がいるので、本当の意味で内密の話ができないということ等々、様々な理由から司馬懿個人に面会を求める人間は極めて少ないのだ。

そんな司馬懿に客人である。一体そのような人間が、どのような用件があって来訪したのか。謎の覆面少年としても気になるところである。

「で、そのお客人って誰なの？　知っている人？」

「ご本人かどうかは不明ですが、向こうは楊徳祖と名乗っているそうです」

「ようとくそ？」

「ふ、覆面様！」

「知ってるの？　徐庶」

「よ、楊徳祖様といえば、し、司空である楊彪様の御子息様。それもご嫡男様ですよ！」

記憶を探るも顔が浮かんでこず、頭を捻りながら「知らないなぁ」と呟く謎の覆面少年に、兄弟子である徐庶が客人の素性を明かす。

庶民出身の徐庶からすれば、名家の人間はその全てが雲上人である。そうであるが故に徐庶は、常日頃から誰かに何らかの粗相をして罪に問われることを警戒しており、それなりの情報を得ているのだ。

尤（もっと）も、徐庶程の警戒心がなくとも、現在ですら累世太尉（たいい）の家と呼ばれ、後漢書にも四世太尉の家と記されるような名家中の名家であると同時に、現当主が現役の司空である楊彪のことを知らない人間の方が少ないだろう。当然その長男である楊修（ようしゅう）の名もそれなりに知られているという事情もあるのだが。

ちなみに司馬懿が楊修の名を知っているのは、評判云々（うんぬん）ではなく彼を楊彪（仮想敵）の息子（弱み）として認識しているからなのだが、その辺は本人のみが知るところである。

閑話休題。

「へぇ。それで、その楊修？　血筋以外で何かあるの？　用件は助命嘆願かな？　それとも何かを探りに来たのかな？」

名家の序列に興味がない覆面少年とて、さすがに現役の司空である楊彪は知っている。だが、その息子など知る由もない。そもそも、彼にとって重要なのはその為人であり、その能力であり、その用件であった。

「歳の頃は一七歳。噂ではありますが、それなりに聡明であると聞き及んでおります」

「一七!?　随分若いけど……あぁそうか」

五〇になる楊彪の嫡男というから、てっきり三〇代。若くても二〇代後半と予想していた覆面少年は、相手の年齢が自分と同年代であるということに驚きの声を挙げると同時に「同年代だからこそ司馬懿に頭を下げても恥にはならないのか」と楊彪の人選に理解を示した。

「用件についいては、確たることは伺ってみないことには存じませぬが、可能性としてはやはり助命嘆願が高いかと思われます」

「なるほどねぇ。この状況で助命嘆願をするのに、李儒じゃなくて司馬懿を頼るって、中々どうして。見る目があるって言えばいいのかな?」

「ですね。楊修様ほどの方が司空様の代理として訪れたというなら、当然太傅様や陛下にだってお目通りが叶うはずなのに、あえて司馬懿様にお目通りを願ったっていうのが凄いですよね」

もしも楊彪が王允のような古代中国的価値観に溺れた愚者であったのなら、嘆願の交渉相手は李儒や、荀攸といった重鎮を選んだであろう。

というか普通はそうする。

しかしさすが生き延びることに定評のある楊彪は格が違った。

目の前で見せる王允の行動や董卓らの行動から早々に王允の不利を悟る判断力。泥船から逃げ出すべく行動を開始した行動力は見事の一言。さらに生き延びるために司馬懿との交渉を視野に入れた着眼点も秀逸だ。大前提として、最終的に楊彪からの助命嘆願を受け入れるかどうかを決めるのは今上の帝こと劉弁である。よって、楊修の狙いが助命嘆願にあるとすれば、説得すべき相手は必ずしも李儒である必要はない。

だからといって、ここで劉弁に直接謁見を願い、その場で助命の嘆願をするというのであれば多少不敬とはいえまだ常識の範疇と言えただろう。しかし、ここであえて交渉相手に司馬懿を選んだというところに楊彪という男の真骨頂が見て取れる。

「おそらく司空殿は、陛下や太傅様と接触すればその情報が長安の者たちにも知れ渡ってしまう。そうなれば司徒殿や、その陰で暗躍する劉州牧にも情報が漏れてしまう。その場合連中がどう動くかわからない。そう考えた上で、今の段階では情報を隠匿したいと考え、私との交渉を選択したのでしょう」

「ほほー」

今上の帝である劉弁はもとより、太傅である李儒や尚書令である荀攸と会談を行えば、必ずやその情報は王允らの耳に入ることになる。しかしその相手が一三歳の司馬懿ならどうだろうか？

『一七歳の楊修と一三歳の司馬懿が会談をした』という情報が王允の耳に入ったとして、それが助命嘆願に繋がるだろうか？　と問われれば、答えは「否」となる。

むしろ楊彪の生き汚さを考えれば、今の時点で王允に対して「弘農の情報を探るため、あの若造に接触させる予定だ」とでも説明している可能性さえあるだろう。この場合、楊修が司馬懿と会談したことが王允の耳に入ったとしても、なんら問題になることはないのだ。

「そういうのもあるけど、あれでしょ？　楊彪は司馬懿を説得できれば朕……じゃなくて、陛下も説得できるって考えたんでしょ？」

「そうですね。確かに司馬様を説得できるなら陛下も説得できるかもしれませんね」

「まぁねぇ」

徐庶にしては珍しく不敬な物言いだが、少なくとも覆面少年はそれを不敬とは思わなかった。むしろ彼にとって徐庶の言い分は「その通り」と、深く頷く程に当たり前のことだった。

そう。つまるところ楊彪は、李儒や荀攸が劉弁を傀儡とすることを良しとしていないことや、司馬懿が劉弁に近いということ。さらには司馬懿自身に役職に見合った権限が与えられていることなど、弘農の事情をそれなり以上に理解しているが故に『わざわざ危険を冒して李儒や劉弁に接触しなくとも、司馬懿を説得できれば助命嘆願は成る』と確信していたのだ。

尤も楊彪とて以前長安でやり込められた経験から、決して司馬懿を普通の若造と侮っているわけではない。しかし、だからこそ。というべきだろうか。ある意味で彼には司馬懿に対する信頼があった。

それをあえて言語化するなら『司馬懿とて名家の人間。こちらの事情も理解できるはず。さらに子供同士、歳が近いことで同情も引き出せるはず。なればこそ、まったくの没交渉にはならんだろう』というものである。

……そんな楊彪の判断に誤算があるとすれば、それは交渉相手に選んだ司馬懿という人物の為人、であろうか。

「ふむ。詳細は不明ですが、私を交渉相手に選んだということから、私が太傅様より組み易い相手と認識されていることは確かなようですね」

基本的に司馬懿という少年は、交渉の際に己の感情を挟むような人間ではない。むしろ徹底的に感情を排し、実利を求める型の人間だ。

それがとある腹黒によって強化までされているのである。

よって今の司馬懿は、交渉相手が誰であれ「司空の息子だし、実家と同じく司隷に荘園を持つ名家だから」といって忖度（そんたく）することもなければ「同じ年代だから」といって遠慮することなどない。むしろ交渉中にそういった部分を見せてきたら、それを隙として捉え、相手を嵌（は）める算段を考えて上奏するのが司馬仲達という人間であり、交渉相手として見た場合間違いなく最悪の部類に入ると言っても過言ではない人間なのだ。

さらに今回の楊修が取った行動もマイナスに働いている。

「確かに私が太傅様に遠く、そう遠く及ばないのは純然たる事実ですからね。事実は事実として受け止めましょう。しかし、だからと言って、私が、楊修殿に、譲る理由は、ありません、ねぇ？」

李儒や荀攸ではなく司馬懿を交渉相手に選んだという事実。これを別の言い方で言い表すと『司馬懿は舐められている』と言い換えることもできる。できてしまう。

名家にとって面子（メンツ）は大事。常識以前の話である。

（うわぁ）

必要とあらばどのような屈辱や恥辱にも耐えることができる司馬懿だが、それはあくまで『我慢』しているのであって、決して甘んじて受け入れているわけではない。

当然それなりに付き合いの長い覆面少年と徐庶も、司馬懿がその家格相応に気位が高いということを知っていた。

（これはもう駄目、かな？）

（ですね。というか、ここからどうにかできたら凄いですよ）

自らの意思ではなく、あくまで父である楊彪の指示で司馬懿を交渉相手に選んだであろう楊修に同情する気持ちがないわけではないが、所詮は仮想敵の息子。覆面少年や徐庶が庇う価値もなければその義理もない。

こうして司馬懿を宥（なだ）めることができる数少ない人員が傍観に回ったことが、楊修にとって吉と出るか凶と出るか。

――弘農の地で、四世太尉の名門楊家とその後継者たる少年の命を懸けた圧迫面接が始まろうとしていた。

二

司隷弘農郡・弘農　宮城内議郎執務室

「ではそちらにおかけください」

「……は？」

「なにか？」

「いや、なにかって。え？」

　司馬懿に面会を申し込み、その面会の場とされた執務室に案内された楊修は、端的に言って混乱していた。

　まず、彼の実家である弘農楊家とは、累世太尉の家と称されるほどの名家であると共に、この時期、事あるごとに自らの家を「四世三公の家である」と口にしていた袁紹（えんしょう）に倣ったのか、楊彪が太尉に就いたことで四世太尉の家とも謳われる名家である。

　蔡邕（さいよう）・馬日磾（ばじつてい）・楊彪・盧植（ろしょく）らによって編纂された東観漢記をベースにして編纂されたとされる後漢書には、その祖は前漢期に丞相を務めた楊敞（ようしょう）であるとも記されているほどだ。

一応、これにあえて補足を加えるとするならば、四世の第一代とされる楊震の父である楊宝は、銜環（がんかん）の故事で知られる有名人であると共に、当時の主流学問であった欧陽尚書（おうようしょうしょ）を修め、王莽（おうもう）や光武帝から召喚を受けるほどの人物であったということは広く知られている。

よって、たとえ楊敞がその祖でなかったとしても、弘農楊家という家は前漢の時代から士大夫を輩出していた名家であることは疑いようもない事実である。

……結局何が言いたいのかと言えば、彼の家は何故か同列のように語られている汝南（じょなん）袁家よりもその歴史は長く（汝南袁家は後漢初期に興った家である）、格式も高い。ということだ。それは無論、司馬懿の実家である河内司馬家など比べ物にはならない程だ。

そんな格式の高い家の長男。それも父が現役の三公ともなれば、本人が無位無冠の身であろうとも、当然その扱いは誰が言うまでもなくそれなり以上のものとなる。

実際、これまで楊修が他家を訪れた際には、どこの家であっても彼を下にも置かぬ待遇で迎え入れたものだ。

それが今はどうだ。

通されたのは来賓を迎える客間ではなく普段業務を行うであろう執務室だし、入室したかと思ったら、書類仕事の片手間に「お待たせしました。私が司馬仲達です」と挨拶をされ、慌てて名乗りを上げたかと思ったら地面を指さされ、何かあるのか？　と思ったら「そこに座れ」と言われたのだ。

当然この位置は下座に当たる位置だし、勧められた場所に椅子はなく、あるのはそれなりに上質な筵のみ。上質と言っても、この場に同僚の議郎として同席していた徐庶が「ここにもあったんだなぁ」と、どこか懐かしさを覚える程度の品質である。

（下座はともかくとしても椅子すらないだと？　これではまるで罪人ではないか。いくらなんでも無礼に過ぎるぞッ！　いや、まて。駄目だ。落ち着け徳祖ッ！）

自身の扱いが客ですらないことに気付き、込み上げてきた怒りに任せて糾弾の声を挙げようとした楊修だが、即座にその行いが自分たちに何を齎すかということに思い至り、怒りを鎮めることに成功する。

（……まさかこの扱いが司馬議郎の独断ということはなかろう。で、あるならば、だ。彼の上司である太傅様や陛下は私を罪人と認識しているということになる）

若いながらも聡明さで知られる楊修である。少し冷静になって考えれば、名家としての常識をもつはずの司馬懿が己を迎えるために用意した場が不自然極まりないことや、その不自然さが何を意味するかを考察する程度のことはできるのだ。

（陛下が滞在する地に、陛下や太傅様が罪人と見なしている者が訪れたというのなら、それが何者であれ賓客扱いなどできぬは道理。もしもそのように扱えば自身が罪に問われるのだからな。なればこそ自ずとこういった扱いとなろう。即座に縄を打たぬことや、筵を敷いていることがせめてもの慈悲。そういうことか）

「……失礼いたします」

名家的常識に則って考察した結果「司馬懿は己に喧嘩を売っているのではなく、最大限に配慮しているのだ」と結論づけた楊修は、激高するどころか抗議もしないまま、おとなしく指し示された通りに筵の上に座ることにした。

（この程度の扱いで激昂して席を立つわけにはいかぬ。重要なのは椅子の有無でも私の面子でもないのだからな）

実際のところこの演出は司馬懿の独断であり、楊修を客人扱いしたり椅子を用意したところで司馬懿が罰せられることはないのだが、元々「彼が激昂して立ち去ったり、自分に何かしらの危害を加えてくれれば、楊彪ごと滅殺できる。陛下も楊彪や奴が恩赦を与えた連中を殺す口実を欲しているからな。ここで得るのも悪くない」などと随分と物騒なことを考えている司馬懿や彼の従者である（実際は同僚だが本人は従者だと認識している）徐庶がわざわざそのようなことを教えるはずもなし。

それでも自らの行動が一族郎党の命と名誉に直結していることを自覚していた楊修は、若干の勘違いがありながらも司馬の鬼才によって仕掛けられた一手を回避することに成功した。

「……ほほう」

（うわぁ。座ったよ。あの楊修様が本当に地べたに座っちゃったよ）

司馬懿の予想では、そのまま激昂して帰るか、上司である李儒や荀攸などに面会を願い、自分たちの行動に対する抗議を行うかのどちらかになると思っていたのだ。しかし、楊修が取った行動は、まさかの着座であった。

(聡明とは聞いていたが、まさかここまでの人物であったとは予想外よな。いや、私の見積が甘かったというだけの話だ)

これが王允あたりなら自分の策が潰されたことで不機嫌になるのだろう。しかしながら、ここに座る少年は大陸中に策謀を巡らせる腹黒外道の極みの弟子である。

(それに、第一の矢が外されたのならば第二の矢を放てば良い)

その精神力は一つや二つの策が潰された程度で狼狽するほど脆弱ではなかった。

「この時期にわざわざ某との面会を求められたのですから、何かしら重要なご用向きがあったのでしょう。そのお話を伺わせていただきましょうか」

「かしこまりました」

『一応とはいえ目上に当たる人物にここまで覚悟を決められてしまえば、さしもの司馬懿といえども予定になかった本格的な交渉をせざるを得ない』

(周囲にそう思わせることが司馬懿の狙いであり、配慮なのだ。分かりづらくはあるが、それとて試しと思えばわからないではない。……そうだ。私がこの程度に気付かぬ程度の者だった場合、向こうから「交渉の価値なし」と見切りを付けられていたのだ。ならばやはり、この扱いは配慮であり試しなのだ)

若干の勘違いをしつつも、無事に第一の試練を突破した楊修。

この日初体験となった筵の座り心地は、決して悪いものではなかったそうな。

三

「お話を伺うと言った手前恐縮なのですが、お話の前に一つご了承頂きたいことがございます」

「なんでしょう？」

初手の挑発を鮮やかに回避された形となった司馬懿だが、彼が用意した挑発の種は筵だけではない。

「見ればわかることではありますが、この場には私と楊修殿だけでなく、私の同僚である徐議郎もおります。お話を伺うにあたって彼の同席を認めて頂きたい」

「……」

紹介を受けた徐庶は無言で会釈をする。

（申し訳ございません！　私如きが楊修様を下に見て誠に申し訳ございませんッ！）

傍（はた）から見れば憮然とした態度なのだが、心の中では名家の中の名家の御曹司といっても過言ではない楊修に対して無礼を働いていることを心から謝罪している徐庶である。

（交渉相手に私を選ぶくらいだ。当然徐庶のことも知っていよう？）

当然心の中で五体投地している徐庶の内心を知らない楊修からすれば、これから助命嘆願する司馬懿だけを相手に頭を下げるならまだしも、無関係の、それも名家の生まれではない徐庶にまで見下されながら自身の弱みをさらすことになる。その身に感じる恥辱は如何程のものか。仕掛け人である司馬懿でさえ、自身が同じことをされたら間違いなく怒りを覚えるであろうと思うほどの無礼な所業である。

そんな侮辱を受けた楊修の反応はといえば……

「無論、かまいませんとも」

(なんと)

(ええええええ!?)

即答であった。それも、楊修の反応を注意深く観察していた司馬懿から見ても、怒りの感情の欠片(かけら)も感じさせないほどに、極々自然に受け入れていた。

「……左様ですか」

(どう見ても恥辱に耐えているようには見えぬ。ならばこやつはこの所業を恥辱と考えていない？　いや、筵に座らせたときの反応を見ればそれはなかろう。と、なると残る可能性はなんだ？)

初手の下座に用意された筵に座らされることにすら耐えた男だ。司馬懿とて当然これで激昂するとは思っていなかったが、ここまで反応がないのは完全に想定外である。

無表情の中に焦りのような感情を覚える司馬懿。その、ある意味で偉業を成した当人は何を以て徐庶の同席を許したのかと言えば、なんのことはない。

（そりゃあ普通に考えて陛下や太傅様が罪人と見なしている者と一人で会うことなどできぬだろうさ。故に誰かを同席させるのは必須。その中で同席させるのが徐議郎というのは、あれだ。「私と同年代の者を用意することで私が気後れしないように」との配慮に相違ない。それに徐議郎は単家の出。ならば多少は学んでいようが、名家同士の会話に含まれる暗喩を完全に理解することはできまい。つまり司馬殿はあえて徐議郎を同席させることで、周囲に「自身は疚しいことをしていない」としながら、私との会談を行うつもりなのだろうよ）

彼は司馬懿の言葉の中に「こちらにも事情がある。多少やりづらいかもしれないが、ちゃんと話は聞くから少しの間は我慢して欲しい」といった感じで、提案と謝罪が含まれていると解釈していたのだ。

事実と乖離しすぎている解釈なのだが、これはこれで一概に楊修の勘違いとは言い切れないところもある。

なぜなら実際名家同士の人間が話し合う際には、単純な言葉の中に様々な暗喩を込めて会話を行うのが普通のことだからだ。司馬懿のように何も込めず、ただ事実を淡々と語る方が珍しいのである。当然、司馬懿が特異過ぎる人物であることなど、今日が初対面となる楊修にわかるはずもない。よって、互いを名家の人間であると認識している楊修が、司馬懿の言葉に含まれている何かを考察するのは当然のことなのだ。

さらに「司馬懿に話を聞く気があればこそ、徐庶を同席させた。そうでなければ衛兵を呼んでいる」という現実的な考察が加われば、楊修の中で「隠されてはいるが、きちんと配慮された上で謝罪されたのだ」と判断することになるのも、状況的に考えれば間違ってはいないのである。

そして、配慮されたうえで謝罪されたことを理解したならば、楊修に徐庶の同席を断る理由はない。こういった考察があったが故に、楊修は司馬懿の配慮に感謝こそすれ、恥辱や屈辱は感じてはいなかったのだ。

(読めん。しかしここで終わるわけにもいかぬ。……より直接的に仕掛けてみるか)

楊修の態度に不気味さを感じ始めた司馬懿は、内心の不安を押し殺しつつ二の矢を放つ。

「楊修殿は現状を正しく理解しておいでである。そう考えてもよろしいか?」

(それ聞いちゃうんですか!?)

現状。すなわち「自分が貴公や貴公の一族を皆殺しにしようと画策していることを理解しているか?」と、傍から聞いているだけの徐庶でさえ顔面蒼白になるような、色々な意味でありえない問いかけをするも。楊修はあわてない。

「当然ですな」

(当然、ときたか)

(えぇぇぇぇぇ!?)

平然と答える様は、まさしく自然体。

（ふむ。覚悟ができていると言いながら一切悲観したところはない。……股夫の故事を踏襲したとでもいうつもりか？　私がそれを知っていれば、さらに警戒されるとは考えなかったのか？　それとも、それさえも覚悟してこの会談の場に臨んでいるというのか？）

それらを加味したとて、初手から筵の上に座らされた上に、現在進行形で己とその一族を族滅せんと企てている者から、そのことを正面から宣告されて平然とした態度を取れる者がどれだけいるというのか。

（……侮れぬ。どころの話ではないな）

司馬懿の中で最上級といって良いくらいに評価が高くなる楊修だが、当の本人は「司馬懿が自分たちを族滅せんと企んでいる」ことなど理解していない。

彼は司馬懿の言葉の裏を読みとった上で「こちらが配慮しているってことは理解しているだろうな？　後からちゃんと返礼しろよ」と釘を刺されたと判断していたのだ。

名家の常識として、配慮してもらった以上はそれなりの返礼をするのは当たり前のこと。なので楊修としては、見返りに用意しなければならないモノの大きさに一抹の不安はあるものの「当然返礼はしますよ」と答える他なかったのである。

結局のところ、楊修が自身を『今の自分は名家の子息ではなく、罪人である』と自己認識しているせいで発生している奇妙な深読みと勘違いが生み出したすれ違いの賜物なのだが、それを知らない司馬懿からすれば楊修の態度はあまりにも泰然とし過ぎていた。

だからこそ、とでも言おうか。

「……大変失礼をいたしました。それではお話を伺いましょうか」

現時点で司馬懿は楊修のことを『少なくとも己より高い能力と視野を持っている』と判断することにしたのであった。

さらに、今回楊彪があえて自分を交渉相手に選んだのも、向こうが自分を舐めていたのではなく、長安で自分を見た楊彪が、純然たる事実として『同年代ながらも楊修なら司馬懿を説き伏せることができる』と判断した結果ではないか。と、真摯に受け止めることにしたのである。向上心に溢れる少年、司馬仲達。彼はどこぞの老人のように「自分より優れた者の存在など認めない！」などという妄言を吐いたりはしない。

それ以前にそのような低俗な思考は持ち合わせていないのだ。

そんな司馬懿の心境をあえて言語化するとすれば「老害に舐められるのは本意ではない。本意ではないが、相手が自分以上の策士であるということを証立てした以上、それは正当な評価である。それも老齢ではなく同年代の少年なのだから、言い訳のしようもない。ならばここで楊修を殺してなんになる。自身の不明を省みて精進する他ないではないか」といったところであろうか。

すれ違いや勘違いの結果とはいえ、世の中は結果こそ全て。

その結果に鑑みれば、楊修は司馬懿が用意した（本人の与り知らぬところで行われた）命懸けの圧迫面接を（本人の与り知らぬまま）開始早々終わらせることに成功したことになる。

この瞬間、楊徳祖の名は『長安にて政を壟断（ろうだん）している三公が一、楊彪の息子』としてではなく『司馬懿に敗北を認めさせた端倪（たんげい）すべからざる異才にして、座筵懐玉の人』として弘農勢力の人間全てに記憶されることとなったのであった。

……このことが本人にとって良いことなのか、悪いことなのか。それは未来の彼にしかわからないことである。

四

（ようやく一歩、か）

司馬懿に面会してから。というか、弘農を訪れる前から『自身は弘農の陣営から見たら罪人』であると定義していたが故に、司馬懿が用意した度重なる挑発に激昂することなく、それどころか甘んじて罪人としての扱いを受け入れる態度を見せたことで、多少の勘違いはあるものの司馬懿にその胆力を認められるという奇跡を起こし、自身の命と名誉、さらにはその家名も守ることに成功した若者、楊修。

彼がこの奇跡を実現できた最大の要因は『彼が自身を罪人として定義していた』ことにあるのはいうまでもないだろう。

では、何故現役の司空の子であり、名門中の名門弘農楊家の御曹司である彼が自身を罪人と定義付けて、尚且つそのことを隠しもしていなかったか？　といえば、そこには大きく分けて三つの要因があった。

一つ目は、父である司空・楊彪が同じ三公の司徒・王允とともに長安で政の壟断を行っていることである。

ただし、楊修の目から見ても楊彪が行っていたのは司空の持つ権限からなんら逸脱したものではなかった。多少出過ぎた面はあったかもしれないが、それとて皇帝劉弁が喪に服していたために公務に当たれなかったことや、皇帝の代理として丞相に任じられた皇弟劉協が一〇歳にも満たぬ子供であったが故のこと。よって楊修も、父楊彪による政の壟断を訴えられたなら、毅然と反論していただろう。

そのためこの場合問題になるのは楊彪ではなく、その同僚。即ち司徒・王允にある。

宦官を嫌うこと甚だしく、十常侍が権威を握っていた際にも堂々と彼らを非難していたこともあって、今では名家閥の清流派代表のような扱いを受けている王允であるが、実際のところ王允は名家と呼ばれる家柄の出身ではない。

名家名族が先祖伝来の家とその家職を誇りにし、仲間内で固まっていたのに対し、王允は個人として評価されただけの存在、いうなれば名士と言われる立場にあった。このため名家の者たちからは、敵の敵は味方の原理で敵視はされていなかったが、名家のコミュニティに参加できる立場ではなかった。

それが今や名家閥を率いる三公、司徒様となったのだ。これまでの経緯から宦官への嫌悪感だけでなく名家に対して劣等感も抱えていた王允は、司徒としての権威に加え董卓から借り受けた并(へい)州(しゅう)勢の武力を背景に、自分に逆らう者たちへの弾圧を開始した。

自身の政策に異を唱えた蔡邕の投獄に始まる士大夫への言論弾圧や、自分に協力的でない名家の粛清、さらには軍部への口出しなど、もはや誰がどう見ても王允は一線を越えてしまっている。

そして楊修にとって問題なのは、司空である父楊彪も、王允の片棒を担いで政を壟断していると認識されてしまっていることであった。

ことここに及んでしまえば、いくら「自分たちは一緒になって悪さをしているわけではない」と主張したとしても「諫(いさ)めない時点で同罪だ」といわれてしまうだろう。そうなれば楊修に返す言葉はない。これが第一の要因。

次いで第二の要因。それは先日、楊彪が王允と共に丞相劉協の前で司馬懿と敵対してしまったことだ。

あえていうならば、司馬懿と口論をして論破されてしまったこと自体は別に構わない。

極論すれば、あれはあくまで互いの持論を述べただけである。確かにあの場で司馬懿に言い負かされたことで楊彪や王允の評価が落ちることになったが、言ってしまえばそれだけの話。どちらの提言が劉協の意に沿っていたかは別としても、意見をぶつけることや、反対意見を述べたことが罪となるわけではないのだから。

罪となるのはその後のこと。

具体的には、何者かが弘農へと赴こうとしていた丞相・劉協一行の襲撃を計画していたことであり、それが京兆尹である司馬防(ぼう)の手によって防がれたことであり、その際に捕縛された罪人を王允が強権を以て処刑したことである。

一連の流れを見れば、その丞相一行の襲撃を企てた人員を用意したのが誰かは考えるまでもないだろう。

さらに迂闊なことに、王允は自分が抱える暴力装置、即ち并州勢を率いる呂布(りょふ)に対して件(くだん)の一行を襲撃するよう指示を出している。当然そのことは呂布から李粛(りしゅく)へ、そして李粛から董卓へ、さらには董卓から弘農へと伝わってしまっているし、楊彪や楊修もそのことは理解している。尤もこの件は彼らの立場からすれば完全に冤罪なので、襲撃未遂事件を「王允の独断だ！」と主張することはできる。

しかし楊彪には、その襲撃が行われる理由となった朝議で王允と共に劉協の弘農行きに反対した経緯がある。この状況で「楊彪は無関係だ！」と主張したとして、信じる者がどれだけいるだろうか？

当然楊修とて、自分がその渦中の人物の長子という立場でなかったならば信じようとはしない。他の者が庇う？　それはない。こういった場合、名家の常識に則って動くならば、楊彪を庇うよりも司空という役職を空座にするため、積極的に陰謀論を後押しするのが普通のことなのだ。状況証拠的にどう考えても詰んでいる。

　これが、楊修が自分たちを罪人と定義する第二の要因である。

最後の要因は、もっと根源的なもの。即ち楊修の中に流れる血に起因する。

何度もいうが、楊修の父は累世太尉の家と謳われる名門、弘農楊家の当主にして現役の司空でもある楊彪だ。このことは特に問題がない。では何が問題なのか？　問題は楊彪の妻。つまり楊修の母の生まれこそが問題なのだ。

　なにせ彼女は袁家の出。それも現在の汝南袁家の直系。もっと言えば汝南袁家当主、袁術（えんじゅつ）の妹なのである。

　これが平時であれば、四世三公の家である汝南袁家と累世太尉の家である弘農楊家の間に生まれた楊修は名家閥を束ねる立場となっていたかもしれない。しかし現在、汝南袁家は非常に危うい立場にあった。

　その理由は、いわずと知れた袁家の後継を自認する問題児、袁紹と彼の言動に触発された袁術が引き起こしたあれこれである。

　袁紹が最初に犯した大罪が宮廷への武装侵犯。これだけで一族郎党、否、関係者を含めた九族の処刑に値する大罪だというのに、この際、袁紹は兵士による宦官惨殺だけではなく名家の子女への暴行を黙認していたという罪もあるのだ。さらに非公式ではあるが、袁紹や袁紹と共に宮中へ乗り込んだ連中は「自分たちが成り上がり者の何進（かしん）も殺害した！」と吹聴していたので、その罪もある。

当然楊彪らはこの暴挙には一切関わっていない。いないのだが、その身に流れる血を否定することはできない。よって袁術の妹である楊修の母やその夫である楊彪。さらにはその息子である楊修は袁紹の関係者として処罰の対象となっているのだ。

ちなみにこの時点ではまだ、宮中の権力者であった袁隗の尽力もあり、袁隗や袁紹らの死を以て汝南袁家の存続も認められていたのだが、非常識の塊であった袁紹はさらに罪を重ねてしまう。

反董卓連合の結成と、それに伴って皇族である劉虞を皇帝へ推戴しようとしたことだ。

当時の董卓はといえば、何進からの呼び出しを受けて上洛したかと思えば、その途中で袁紹の宮中侵犯を受けて洛陽から逃げ出した皇帝劉弁や劉協一行を救出。その後、大将軍府の人間から移譲されて洛内の軍権を掌握しつつ治安維持を行っていただけの軍人である。

当然そこに罪といえるような罪はなく、あるのは『手柄を横取りされた！』とか『肉屋がいなくなったと思ったら次は涼州の野犬か！』などと、自分の利益を奪われたことに対して逆恨みする者たちの怨嗟の声であった。そんな逆恨みから兵を興し、その兵を都である洛陽へと向けることが大罪でなくてなんだというのか。

さらに救えないのが、劉虞へ皇帝になるよう打診を入れたことだ。これにより反董卓連合は『董卓に拐かされている幼い皇帝を救う』という大義名分をなくし、名実ともに皇帝に叛旗を翻した逆賊となってしまった。

さらにさらに救えないのが、彼らと直接の関係がある袁術が、袁紹を諫めなかっただけでなくあろうことか連合の副盟主としての立場を得てしまったことだ。

それも兵糧の負担という、大軍を維持するための要ともいえる役割を進んで行ってしまったのである。袁術にすれば勝ち馬に乗ったつもりだったのだろう。確かに連合軍が董卓に勝っていれば、その貢献の度合いは大きく、戦後の人事にも大きく影響を与えたであろうことは間違いない。

しかし結果は敗北。

連合軍への貢献の重さは、そのまま逆賊としての罪の重さとなってしまう。

袁紹だけでも問題なのに、袁術までもが逆賊となってしまっては救いようがない。そこで楊彪はなんとか袁術の逆賊認定を解こうと尽力した。

その結果が『袁紹を討伐した暁には恩赦を与える』という言葉を丞相劉協から引き出したことであり、先日皇帝劉弁が発した『袁術は劉岱（りゅうたい）と劉繇（りゅうよう）を討伐せよ』との勅命であった。

勅命を頂けるということは逆賊ではない。

そのような解釈に加え、恩赦の内容も条件付きのものから実質的な許諾に変わっていることを受けて、親子揃って胸をなで下ろしたのは記憶に新しい。だが、だからといって未だに袁術はなんの成果も挙げていないので、その関係者の肩身は恐ろしく狭かった。

そんなこんなで楊修は「自分たちは完全に許されたわけではない」と認識している。

これが第三の要因である。

結局のところ楊彪・楊修親子からすれば全面的に王允と袁紹と袁術が悪いのだが、利害関係とは利益と実害を共有する関係であることを鑑みれば、汝南袁家と姻戚関係となったことで弘農楊家は利益を得たのだから今の袁家から齎される実害を許容するべきだし、王允をうまく操ることで袁家の、ひいては弘農楊家の逆賊認定を解くことができたのだから、王允の行動によって齎される実害も許容すべき事柄といえる。

同時に、それは今後も生死を共にするということと同義ではない。

（母上の関係上、汝南袁家との関わりを切ることはできない。だが王允。貴様は別だ）

なし崩し的に同僚と認知されている楊彪にとってもそうだが、名家の子として生まれ、名家を継ぐべく教育を受けてきた楊修にとっても、長安で王允が行っている諸々の行いは些か以上に目に余るものであった。

（あれは志を同じくする者ではない。故に切り捨てることになんら痛痒も感じぬ）

司馬懿の前で罪人としての扱いすら許容している楊修だが、彼とてこれ以上自分たちが王允の同類と見られることには我慢ならなかった。

「恐れながらこの場を借りて司馬議郎様に、司徒王允が長安で企てている謀をお教えしたく存じます」

（ほう……これは中々）

筵の上に座しながら、尚も矜持を忘れぬその姿には、ある種の威風が備わっていた。

（す、凄い！）

内心の猛りを隠さぬままに声を挙げる楊修。それを目の当たりにした司馬懿や徐庶は彼に対する評価をさらに高めることになるのだが、それを若さゆえの勘違いと断ずるのは流石に酷というものだろう。

五

楊修が一族の生き残りを懸けて司馬懿に差し出したもの。それは銭でも玉でもなく『情報』であった。

「司徒殿の企て、ですか」

(……なるほど。向こうは向こうでそれなりにこちらの状況を理解していると見える。これこそが過日、政略と謀略の泥沼であった洛陽において生き抜いた経験を持つ司空楊彪が備える生存能力ということか。長安で相対したときはどこにでもいる老人にしか見えなかったが、あれは擬態か。……侮れぬ)

無論、黙っていれば一族郎党が処罰されるのだから、相手に望まれれば銭だろうが玉だろうがいくらでも差し出す心算ではあるはずだ。

だが、それでも彼らが最初に差し出したのが『情報』であったことに、司馬懿は目の前にいる楊修への評価を高めると共に、彼にそうするように指示を出したであろう楊彪への評価を改めることとなった。

それというのも、数年前に司馬懿は師である外道にとある教えを受けていたからだ。


〜〜〜〜〜〜〜〜〜〜〜〜〜〜〜〜〜〜〜〜〜〜〜〜〜〜〜〜〜〜〜〜〜〜〜〜〜

それ以前のこと。


「戦に勝つために重要なこと？」

「はい」

私からの唐突な問いかけに、師は軽く考え込む素振りを見せた後で言葉を発せられた。

「孫子にもあるように、最上は戦わずに勝つことだ。しかしそのためには万全の戦準備が必要となる。故に重要なのはその準備を怠らぬことだろう」

「戦わないのに戦の準備をするのですか？」

それだけ聞けば矛盾そのものであろう。そう考えて首を捻る私に、師は「そうではないのだ」と前置きをして話を続けられた。

「戦をせずに相手を降（くだ）すには、相手の士気を折る必要があるだろう？」

「……あぁ。なるほど」

確かに何もせずに降るなら最初から敵になどならない。敵対するにはそれなりの理由があるのだ。よって戦わずに勝つという理想を実現するためには、相手が抱える理由を上回る絶望を与える必要がある。師はそうおっしゃりたいのだろう。

「なので重要なことは、相手より多くの兵を集めること。その兵を無駄なく率いることができる将を集めること。集めた将兵を食わせる食料を集めること。それらを有効に活用するための情報を集めることだろう。ちなみに儒家が重要視する大義名分もあった方が良いのは確かだが、それは勝った後からでも作ることができるから、最重要というほどのものではないな」

「ふむ」

「ただし、これらはあくまで戦を起こす際の最低条件でしかない。よってこれがあれば勝てるといった類のものではないことは忘れるな」

「なるほど」

天の時も地の利も人の和も、それらはあくまで最低条件でしかない。戦に勝つにはそれらをしっかりと用意した上で、敵以上にナニカを重ねることが重要。ということか。

「戦わずして勝つためには。相手に『戦っても勝てない』と認識させる必要がある。この際わかりやすいのが兵数だ。普通は相手に十倍の兵を用意されたら将兵の士気は落ちるし、さらにそれを率いるのが経験豊富な将軍で、豊富な食料もあるというなら尚更だろう？」

「確かにそうですな。しかしそれでも折れなかったのが周の文王であり、高祖劉邦（りゅうほう）なのでは？」

　周に対する殷（いん）。漢に対する楚。いずれも相手方と兵数差があった。

「その通り。兵の多寡だけでは連中の士気を折ることはできなかった。だからこそ情報が重要になる」

「情報ですか」

「そうだ。孫子が曰（のたま）うところの『彼を知り己を知れば百戦殆（あやう）からず。彼を知らずして、己を知れば、一たび勝ちて、一たび負く。彼を知らず、己を知らざれば戦うごとに必ず殆うし』これこそが重要なのだ」

「なるほど」

　兵法の基本中の基本とされる一文。それこそが真理なのだと師は曰い、その言葉の意味するところを論じてくださった。

「誰が、いつ、どこから、どれだけの軍勢で攻めてくるかわからない中では満足な戦準備などできん。それ以前に誰が敵で誰が味方なのかわからなければどうしようもなかろう？」

「確かに、彼も己も知らなければそうなりますね」

　敵と思って殺したのが実は味方で、味方と思って重用していたのが実は敵だった。そんなことになれば戦どころの話ではない。

「農夫を集めた数千の集団でさえ、それを確かめる術がなければ一〇万の精鋭に誤認させることも不可能ではない。もしそこに一〇万の精鋭に打ち勝てるであろう大軍を差し向けても、労力と兵糧の無駄となる」

「それは、そうですね」

「逆の事例もある。近いところでいえば黄巾の乱の序盤だ」

「……数十万の飢えた農民に対して、敵を過小と侮った数万の官軍が挑み、負けましたな」

「うむ」

その後黄巾は相手の脅威度を正確に推し量った皇甫嵩(こうほすう)将軍や朱儁(しゅしゅん)将軍が率いる軍によって鎮められたが、あれこそが情報を軽視した結果だと言われれば、素直に頷く他ない。

「結局、相手に情報を渡さぬことで相手の将兵に無駄足を踏ませたり、罠に嵌めたりすることによって戦略的には戦をしつつも戦術的に戦わずして勝つことも不可能ではなくなるわけだ」

「なるほど」

情報によって相手を振り回す。そういうことだろう。

「だからといって情報だけあれば良いというわけではない。相手を謀(たばか)るにはその情報に見合った地力が必要になる。それがないとその情報に信憑性が出ず、相手を謀ることはできないからな」

「確かにそうですね」

いきなりどこぞの県令から「一〇万の精鋭と、それを一〇年養えるだけの兵糧を集めた！　だから自分に従え！」などと命じられたところで、誰がそれを信じるというのか。

翻って、師や大将軍である董卓ならどうか？　たとえば「これから一ヶ月後、袁紹に対して五万の兵を差し向ける」という情報が流れた場合、現状でそれを否定できる者はいない。

そのため袁紹や袁紹に味方する者たちは慌てふためいて戦支度をすることになるだろう。しかしそれが虚報であったのならば、どうなる？　戦支度に費やした費用の大半が無駄となるだけだ。

だからといって、いつ本当に軍を向けられるかわからないのでは集めた兵を解散させることもできない。それは延々と兵や馬を養わなければならなくなるということだからだ。

袁家といえども銭や兵糧は無限に用意できるものではない。いずれは枯渇する。そして財を失った袁家に脅威はない。その際は本当に兵を用意して攻め滅ぼすもよし。圧力をかけて内部で争わせてもよし。その時々の状況に応じて最適な手段を選ぶだけで勝てる。

これはあくまで極端な例ではあるが、実現不可能というほど荒唐無稽な話でもない。事実扱うものの器量によっては情報一つで勝つことも決して不可能ではないのだ。……そしてそれが可能なのは、師や董卓だけではないということも。

「もう理解していると思うが、情報の取り扱い次第では楽に戦に勝つこともできるし、逆に思わぬ敗北を喫することもある。だからこそ我々は情報を、もとい、正確な情報を得ることを重視しつつ、相手に正確な情報を渡さないよう、色々と謀を巡らせる必要がある」

「正確な情報。それこそが戦の要訣（ようけつ）なのですね」

「戦に限らんがな。ちなみに情報を操作する場合最も効果的なのは、九の真実の中に一の嘘を混ぜたり、九の嘘の中に一の真実を混ぜることといわれている。真偽の確認に時間がかかれば良し。時間をかけた上で誤った決断をすれば尚良し」

それは、なんと悪辣な。このとき私は内心で絶句していたが、おそらく己に教えを授けていたときでさえも、師はきっと誰かを罠に嵌めていたのだろう。

「元々人から人へと伝わる情報に十全ということはない。どこかで必ず歪むものだ。その歪みさえ計算にいれて自らに都合のよい情報を流し、相手を掌で踊らせることこそ策士の本懐ではないか」

罠に嵌めた相手が苦しむ様でも思い浮かべたのか。静かに笑みを浮かべながら「これこそが策士の本懐」と嘯（うそぶ）く師を目の当たりにしたとき、私は己の未熟さを思い知ったのだ。


……このように、ただでさえ他者の影響を受けやすい幼少期に、よりにもよって漢帝国最悪とも謳われる男から多大な影響を受けてしまった司馬懿にとって、正確な情報は時に万金を積んででも入手しなくてはならないものであった。

尤も、実際にそこまでは知らなくとも、司馬懿らが情報を重視していることを知った上で差し出してくる情報に価値がないはずがない。

否が応でもその内容に興味をそそられてしまった司馬懿。そうであるが故に、もしも提供された情報が司馬懿の想定した水準に満たなかった場合、せっかく高まった評価が大幅に下落してしまうところであったのだが、そこは流石というべきか。

楊彪・楊修親子の選択は、司馬懿の信頼、ないし期待を違えることはなかった。

「はっ。一度直に長安を訪れた司馬議郎様であれば、司徒王允が自らに不都合な者たちの粛清や弾圧を行っていることや、我が父楊彪がそれに同意していないことはすでにご承知のことと存じます」

「ええ。そうですね。つまりこれから楊修殿がお話しになることにも、司空様は関与していない。そうおっしゃりたいのでしょうか？」

「その通りです」

情報提供の前に楊修は『あくまで王允と楊彪は同じ方向を向いているわけではない』と主張する。

楊彪を同志と見込んで秘策を明かした王允からすればこれ以上ない裏切り行為だが、この場にそれを咎める者はいない。

尤も元々王允や楊彪の行いを三公の職務の内と認識していたり、王允に粛清された長安の名家らと何ら関わりを持たない司馬懿にとって、楊彪と王允の関係などどうでも良い程度の話であるので、そこに言及しないのは当然ともいえるし、同席を許されただけの第三者に過ぎない徐庶に至っては尚更のことである。

あえて問題を挙げるとするならば、隣の部屋で話を聞いていた謎の少年が「都合の良いことを……」と密かに気分を害している程度だろうか。

（簡単な為人は事前に父から聞いてはいたが、流石に話が早い。この一切の無駄を許容しない姿勢はまさしく司馬防殿の子よ。ならばここはこのまま話すべきだろう）

後々尾を引くかもしれない弁明はさらりと流されたものの、司馬懿の興味が向けられていることを実感している楊修は、下手に話を長引かせるよりも、今この時こそが己の持つ情報が一番の高値で売れると直感し、賭けに出ることを選択する。

そしてその選択は過たず。楊修はこの会談を以て弘農楊家を救うことになる。

「まず司徒王允は、現在涼州は金城に展開している羌(きょう)・胡の連中と手を結んでおります」

「ほう」

「さらに郿(び)にて彼らを警戒する大将軍董卓閣下へその情報を伝え金城へと誘い出すと共に、留守となった郿城を攻略し、物資を失った董卓閣下の軍勢を、羌・胡の連合軍と自身の軍勢で挟撃してこれを打ち破らんとしているとか」

董卓が誘いに乗るかどうかも不明なら、郿が空になるのかどうかも不明。その上、王允が郿を攻略するための戦力として考えている兵とは元々董卓が率いていた并州勢である。

この時点で色々とグダグダだが、一日千里を走ると謳われた才を持つ王允の中では勝算があるらしい。

確かに王允は并州出身だし、先日発せられた勅命で并州へと赴任して袁紹と戦うように指示を受けている。また、そもそも并州勢を率いていたのは前并州刺史(しし)である丁原(ていげん)である。そして現在丁原に代わって実質的に彼らを率いているのは、董卓の養子であると同時に王允の養女を側室とした呂布だ。これらの事情を鑑みれば、確かに彼ら并州勢を董卓から離反させるのは難しくはないかもしれない。

……あくまで可能性が皆無ではないというだけの話だが。

「なるほど。しかし普通に考えれば司徒殿が并州勢を率いることができるのは袁紹を敵とした場合のみでしょう？　大将軍閣下を敵とした際に并州勢やそれを率いる呂将軍が司徒殿を選びますかな？」

普段から他者を見下している王允が、名家の文官だけでなく軍部の者たちからも嫌われていることは有名な話である。当然并州勢が王允の命令に従うはずもない。

例外は養女を側室とした呂布だが、呂布一人の意思が并州勢の意思とはならない。実際彼が「董卓と戦え」と命じたところで、逆に捕らえられて董卓の下に差し出されるのが関の山だ。

「そんなことにも気付かないほど王允は阿呆なのか？」言外にそう問いかけた司馬懿。対して楊修は、王允には王允なりに算段があるのだ、と告げる。

「王允は劉益州牧様を自身の後ろ盾とするつもりなのです。同時に劉益州牧様を幼い陛下や丞相殿下の後見人とさせることで、自身らで勅を自儘に操ろうと画策しております」

その算段。つまりは王允にとっての切り札がここ、弘農にて明かされた。

「ほほう。劉益州牧様。ですか」

「はっ」

（あれ？　なにか軽くないか？　まさか疑われている？）

楊修からすれば秘中の秘を明かしたにも拘わらず、当の司馬懿の反応が鈍いことを受けて。

（自身の言葉の真偽が疑われているのか？　讒言と思われては堪ったものではないぞ！）

今更ながらに情報提供者である自分の信用が薄いことに焦りを覚えたのだが、結論から言えばそれは楊修の杞憂であった。

（きた。これこそ師が言われた『正しい情報』よ）

一見平然としている司馬懿だが、その内心は情報提供者である楊修に深く感謝をしていた。

劉益州牧。すなわち劉焉。

その名は以前どこぞの太傅により王允を操る黒幕として名指しされたが故に弘農陣営の中では仮想敵として認識されていたものの、明確な証拠がなかったが故に、あくまで仮想敵でしかなかった男の名。

それが現役の司空である楊彪から送られてきた使者。それも彼の嫡男から明かされたのだ。こうなれば弘農にこの情報の真偽を疑う者はいない。

（これで我々は名目を手に入れた。今後はいつでも我々に都合の良いときに王允と劉焉を消せる）

皇帝を擁する弘農陣営とて、宗室である劉焉を討つにはそれなりの理由が必要だ。これに対して彼の師は『大義名分は後から作ることもできる』と嘯いていたのだが、大義も名分も事後に作るよりも事前に用意できていたほうが良いのはいうまでもないことである。

（く、くくく）

　未だに自分が提供した情報が、自身で思っている以上に重要な情報であることを理解しきれていない楊修が内心で焦りを覚える中。齎された情報の価値を正しく理解していた司馬懿と徐庶、そして隣の部屋で話を聞いていた謎の少年は、そう遠くない将来、彼らの師が主導して行うであろう粛清の予感をその身に感じ、口元を抑えるのであった。

四七　荀家の事情

一

弘農に累世太尉の名家楊家が在れば、汝南に四世三公を誇る名家、袁家が在る。

去る先帝劉宏の時代。楊家の当主である楊彪と、袁家直系の姫が婚姻を結んだことで後漢を代表する名家は深く繋がりをもつことになった。畢竟、当時の両家が抱える人材は多岐に渡り、そうであるが故に後漢の政治は彼らの派閥に属する士大夫なしには機能しないと言っても過言ではなかった。

その事実があればこそ、袁隗らが率いていた名家閥の面々は、先帝劉宏を擁した十常侍が率いていた宦官閥が隆盛を極めていた時期でさえも彼らに害されることはなく、それどころか二度の党錮の禁を乗り越えた仲間意識も相まって、時に宦官閥を上回るほどの影響力を保持することができていたのだ。

彼らの影響力は、皇帝の外戚という立場を持ち、自身も政略と謀略に際立った才があった何進でさえ無視できるものではなく、一時期は何をするにも多額の付け届けや政治的な譲歩を迫られていたことからもその影響力の高さが窺える。

出自の差別により常に相手から下に見られ、無条件に政治的優位に立たれることに何進がどれだけ不満を抱えていたのかは想像に難くない。

事実何進は「侮りたければ侮れば良い。俺はその隙を突くだけだ」と嘯きながらも、内心ではイラついていたのだから。

そんな何進にとってストレスフルな状況は、彼の下にとある名家の小僧が仕官した後に、状況改善のために構造改革を行うことで劇的に変化することになる。

といっても、件の少年が行ったことは単純にして明快である。そう。彼は人材不足に悩む状況を改善するための策として、人材を登用することを献策したのだ。

……これは言葉で言えば簡単なことなのだが、当時の状況を鑑みれば決して簡単とは言い切れないことであった。しかしこの程度のことができなくて何が士大夫か。

少年は何進にとっても盲点ともいえる人材へと声を掛けることで、組織運営に必要な人材の登用に成功していた。

そもそもの話なのだが、当時何進をはじめとした名家に詳しくない者からすれば『名家』とは伝統と格式を誇る名家や彼らに評価されて名を上げた名士が主流となる清流派と、宦官が主流となる濁流派のどちらかの派閥に所属する者しかいなかった。

しかし実際のところそれはあくまで洛陽内に限った話であり、地方に地盤を持つ名家や名士たちはそのどちらにも加担しないという者が多かったのだ（ただし、袁家や宦官連中に推挙されて地方の県令や郡太守になっていた者は除く）。

自分がそうであるが故にそのことを知っていた名家出身の少年は、そういった地方に地盤を持つ者たち、その中でも家を継げない立場にあった次男坊や三男坊の存在に目を付け、それらを抱える家の者たちに自派閥への勧誘を試みたのである。

勧誘を受けた側は「洛陽での権力争いには関わりたくはないが次男坊や三男坊を遊ばせておくのも問題だ」と思っていたし「何進の配下という形では有るものの洛陽で職に就けるのは名誉なことではないか？」という思惑もあって、当主や次期当主となる長男を仕官させることはなかったものの、次男坊や三男坊。さらには分家の人間などを何進の下に送り込むことになる。

こうしてできたのが何進旗下の名家閥だ。

結成当初は、数もそれほど多くはなく、袁家や宦官が抱える濁流派に物申すことなどできるものではなかった。しかし、それでも当時河南尹であった何進が自身の職務を遂行する分にはなんの問題もなかった。

それどころか自前の派閥に所属する者たちへ役職や仕事を割り振ることが可能となったことにより、それまで袁隗らに頼み込んで派遣してもらっていた獅子身中の虫たちを放逐することが可能になったのである。

これにより、何が生まれたか？

袁隗の意を受けて足を引っ張ったり、情報を漏洩したりする存在が居なくなるとともに、名家閥への配慮の必要が無くなったが故に、何進はその類い稀なる謀才を遺憾なく発揮できる環境を造ることに成功したのだ。

ここで何進が名家閥と袂（たもと）を分かったことの是非は、数年後に名家閥とも宦官閥とも敵対していた彼が大将軍として任じられたことからも明白であろう。

しかしこの大抜擢は決して良いことばかりではなかった。

それは何進が抱える文官たちでは、首都洛陽を含むとはいえ一郡の長官に過ぎない河南尹としての職務程度ならば過不足なくこなすことはできても、漢全土の軍事を統括する役目を持つ大将軍府を運営するには能力も人員も不足していた。ということだ。

当然そのことを熟知していた少年は、来る書類仕事の山に備えるべく何進に人材登用の必要性を説き、それを承認させることに成功する。

しかしながら、当時洛陽にいた士大夫連中といえば、袁隗や十常侍の息が掛かった者ばかりであった。

彼らを雇い入れれば必ず自分たちの足を引っ張ると確信していた少年は、当時袁家とは距離を置きながらも名家としての名声を得ていたとある一族に声を掛けることにした。

それが潁川（えいせん）に荘園を持つ名門にして、孫卿（そんきょう）こと荀子（じゅんし）をその祖とする名家。荀家である。

彼らは弘農楊家や汝南袁家と違い、何代にも亘って三公に任じられていたわけでは無いが、祖先の功績や名声。その身に流れる血は楊家や袁家に何ら劣るものではなかった。

特に先代当主の荀淑は、その清廉さから神君とまで謳われており、司徒の子で本人も太尉にもなった李固（りこ）や、太尉の孫にして登竜門の語源ともなった名士・李膺（りよう）から師友とまで評された人物である。

つまるところ、潁川荀氏とは世間の評判が格に直結したこの時代に於いて、最上位の評価を受けていた一族といえるだろう。

普通に考えれば、だ。これだけの格式を持つ家の者が、肉屋の倅と蔑まれていた何進に従うことはない。この頃すでに腹心ともいえる存在になっていた青年から「荀家に声を掛ける」と聞かされていた何進もそう思っていた。

だが何進から招聘（しょうへい）を受けた荀氏は、その要請に対して特にごねることもなく応じることを選択する。

尤も、洛陽に入ったのは本家の当主でもなければ神童と名高かった荀彧（じゅんいく）でもなく、分家の当主である荀攸だったが、それでも彼は正真正銘荀氏の人間だ。

名門荀氏の出でありながら、個人としても名士としても名高かった荀攸が大将軍府に仕官したことにより、袁家や宦官による権力争いから距離を置いていた人材も大将軍府に仕官するようになる。

このおかげで、予想されていた文官不足が解消されることになったし、何進が抱える名家閥の規模も一気に拡大することになったのだから、人材不足に悩みながらも青年の権力が増すことを警戒していた何進や『自身の権力が減る＝仕事が分散する』と認識していた青年としては万々歳といったところだろう。

このように、荀攸の仕官は何進や青年にとっては実益しかなかった慶事なのだが、当の荀攸本人にとってはどうだったろうか。

そもそも荀攸としては、否、荀氏としては、何事もなければ外戚とはいえ肉屋の倅と揶揄されていた何進如きの招聘に応える気はなかった。

だが彼らが招聘を受けたのは、それこそ大陸全土に黄巾の乱が広がりつつある国難の時期である。なればこそ、彼らの中には「それを鎮めるよう皇帝その人から勅命を受けた大将軍からの招聘に逆らうということが、即ち皇帝の顔に泥を塗ることになるのではないか？」という懸念があった。

加えて、この時期彼ら荀氏が名家閥の中で非常に中途半端な立ち位置にあったことも無関係ではない。

それは現当主の甥である荀彧が抱える問題だ。

曰く、荀家の神童。

曰く、王佐の才の持ち主。

若くして様々な評価を受けていた荀彧だが、彼には一つ重大な欠陥があった。具体的に言えば、彼の妻の出自である。

荀彧の妻は四歳の頃に決まっていた。そのこと自体は歴史ある名家の人間なら珍しいことでもないのだが、問題はその相手が当時洛陽で権勢を振るっていた宦官の娘であったことだ。当然のことではあるが、宦官と姻戚関係となった荀氏は清流派に属する人間から「裏切り者」扱いされてしまうことになる。

……ここで彼らが一般に濁流派とされていた者たちのように利権の獲得に走るようであったのならばまだよかったかもしれない。

しかしながら彼らは、その持ち前の清廉さが災いしてか濁流派のように割り切ることができなかった。そのせいで濁流派からも「お高くとまっている」といわれてしまい、どっちつかずの荀氏は名家の中で孤立することになってしまった。

この状況を打開するために彼らは、清流派でも濁流派でもない派閥であり、その性質上袁家や楊家といった上位の名家が存在しない派閥。即ち何進閥への参加を決意することになる。

ただし、ここでも名家の誇りが邪魔をしたのか、それとも保険を掛けたつもりなのかは知らないが、彼らは何進に全掛けするのではなく、分家の人間である荀攸を何進の下に差し出したのだ。

こんなことだから彼らは清流派と濁流派の両方から「どっちつかずの家」といわれて嫌われることになっているのだがそれはそれ。

結局何が言いたいかといえば、荀攸が何進の下に仕官したことも、その後の各種混乱に巻き込まれたことも、先達として何進旗下の名家閥を率いていた青年から様々な書類仕事を押し付けられ

『忙殺』という言葉の意味を理解することになったのも、全てとは言わないがその原因の大半は荀彧にあるということだ。

尤も、宦官の娘との婚姻を決めたのは荀彧ではなく、その親である荀緄（じゅんこん）やその兄であり宗家の惣領でもある荀倹（じゅんけん）であることは荀攸も理解しているので、親の都合で宦官の娘を妻とすることになった荀彧に恨み言をいう心算はない。

まして潁川に残った彼らと違い荀攸一家は、潁川黄巾党による略奪や、董卓軍と反董卓連合の戦に巻き込まれることなく現在に至るのだから尚更である。

片や何進（肉屋の倅）に差し出されたものの、今や皇帝の側近として尚書令に任じられ、思うがままその辣腕を振るうことを許された荀攸。

片や、冀州（きしゅう）牧韓馥（かんふく）の招聘を受けて黄巾の乱や反董卓連合と董卓軍との戦に巻き込まれてボロボロになった潁川から一族郎党を連れて冀州へと向かったものの、彼らが冀州に到着したころには彼らを招聘した韓馥が逆賊認定されて州牧を罷免された挙げ句、逆賊連合の盟主であり自称名家閥を束ねる男・袁紹が幅を利かせていたという絶望を叩き付けられ、その場から逃げるように立ち去ったかと思ったら、結局逆賊連合の副盟主にして宦官閥の取りまとめ役として認識されている東郡太守・曹操（そうそう）の下に仕官することになった荀彧。

無論荀攸とて今に至る前に様々な苦労をしてきたが故に今の立場があるのだが、それを念頭においたとしても荀彧の現状は「酷い」の一言に集約できるだろう。

ここまでくれば、情の薄さに定評のあるどこぞの太傅でさえも同情を覚えることになるのではなかろうか。

……実際は「動くべきときに動かなかったからああなった」と、反面教師として教材扱いにするのだが、それはそれ。

この時期の荀攸は、ここ数年の混乱の最中、なんだかんだで本家を継ぐことになった年下の叔父に対して間違いなく憐憫の感情を抱いていたのである。

〜〜〜

司隷・弘農郡・弘農　宮城内尚書令執務室

弘農楊家の御曹司が命乞いの為に弘農を訪れたのが必然ならば、潁川荀氏の当主が生き残りを懸けて弘農へと足を運ぶのもまた必然なのだろう。

「久しいな公達。……いや、違うな。お久しぶりです尚書令殿」

「……ええ。お久しぶりです叔父上。いえ、文若殿」

普通の名家である河内司馬家の次男坊が、楊家の御曹司に対し自身の師である太傅から与えられた指示を伝えていたときのこと。尚書令荀攸の下に、一人の客人が訪れていた。

——漢に名だたる名家、潁川荀家。その生き残りを懸けた戦いが今、始まろうとしていた。

二

「ではそちらにおかけくだされ。白湯（さゆ）か水。もしもお望みなら酒を用意いたしますが、なにかご希望はおありですかな？」

「ご配慮に感謝いたします。では水をいただけますかな？」

「承りました。すぐに用意させましょう」

挨拶を交わした後、すぐに椅子にかけるよう促すと同時に飲み物の要望まで聞く荀攸。

挨拶と同時に筵の上に座らされた楊修とは比べ物にならないくらいの高待遇を受ける荀彧だが、これには彼らにしか通じない、所謂（いわゆる）家庭の事情というものがある。

元々その出自を同じ潁川荀氏とし、年も近かった両者は顔見知り以上の仲であった。

親戚を相手にしているというのに荀攸の態度に堅さがある理由は、当時の社会的な常識が原因である。

年齢だけでいえば荀攸は荀彧より年長となるものの、荀氏の家系図を辿った場合、荀攸と荀彧の関係は甥と叔父の関係となるし、今の荀彧は荀家の宗家を継いでいる家長という立場にあるので、当時の常識として認識されている長幼の序に照らし合わせれば、荀攸こそが荀彧を立てる必要があるからだ。故に、荀攸が荀彧を上位者として持て成し、それを荀彧が当然のように受けることは、親族という間であるならばなんら間違ったことではない。

だがこの日荀攸の下を訪れた荀彧もまた、彼へ気を使っていた。

それは、そもそも荀攸が荀彧に配慮をすることが、あくまで荀家内部の事情でしかないからだ。当然というかなんというか、公と私は混合して良いものではない。

私の部分。つまり荀氏の序列で見れば荀彧が上位者となるが、皇帝を頂点とした漢帝国という国家の権力構造の中に於いてはその限りではないのである。

公。つまり漢を第一と考えた場合、現在荀攸が尚書令という官職を持つ皇帝の側近であるのに対し、荀彧は東郡太守曹操の配下という立場。しかも曹操は反董卓連合の副盟主であったせいで正式に逆賊として認識されており、東郡太守というのも今上の帝劉弁が認めたものではなく、あくまで自称にすぎない状況である。

つまり、荀彧を曹操の配下として考えるのならば逆賊の配下となるし、彼個人もまた無位無官の徒。

こういった場合、たとえ荀彧が荀氏の惣領といえども尚書令たる荀攸がその執務室で頭を下げるような相手ではない。むしろ頭を下げてはいけない。

荀子の子孫にしてその教えを継承している荀彧は、そこまで考えを巡らせた上であえて荀攸を尚書令殿と役職呼びすることで「己は荀家の当主である以前に漢の臣である」と荀攸に伝えたのである。

　そんな年下の叔父が見せた配慮と心意気を理解出来ぬ荀攸ではない。

　彼は彼で荀彧を迎えるにあたって様々な配慮をしており、席次や出迎えた際の態度などで言外に「そちらが漢の序列に従うことは了解しました。こちらも逆賊の家臣として応対するのではなく、荀家の当主が訪問されたものとして歓迎いたします」と伝えたのだ。

　互いの立場を理解し、思いやる。

　優秀なれど未だ年若い司馬懿や楊修では到底できないやり取りを両者は交わしていた。

〜〜〜〜〜〜〜〜〜〜〜〜〜〜〜〜〜〜〜〜〜〜〜〜〜〜〜〜〜

「ふぅ。ご配慮感謝いたします。本来ならばこのまま旧交を温めたいところなのですが、そうもいっていられない状況がありましてな。……聞き耳を立てる者は？」

　過剰なほどの緊張感を身に纏（まと）いながら、本題に入ろうとする荀彧。その姿は荀攸から見ても些か度が過ぎるようにも見えるが、それも荀彧からすれば必要なことであった。

　なにせ彼にしてみれば弘農は敵地なのだ（正確に言えば、荀彧が仕える曹操が公式に漢の敵と認識されている）。もしもここで自分が下手を打って捕まってしまえば、その被害は主である曹操だけでなく、今上の帝に仕えて確固たる足場を築きつつある荀攸にも及ぶことになるのだ。

たとえ若くして尚書令となった荀攸といえども、否、この場合は若くして尚書令となったからこそ。と言うべきだろう。名家同士の足の引っ張り合いの醜さと凄惨さを知っている荀彧は、曹操の部下として、そして荀氏の惣領として荀攸というときの命綱を失うわけにはいかないのである。

「……一応数人おります。ですがその者たちもある程度の事情は把握しておりますので、余程のことがない限りは大丈夫かと」

「余程のこと、ですか」

「えぇ。余程のこと。です」

「……」

「あぁ。まぁこちらとしても荀彧殿の状況は理解しております。現段階ではこの場で荀彧殿が何を口にしたとしても我々が『余程のこと』と認識するようなことはありませぬよ」

「さ、さようですか」

そんな荀彧の思いを理解した上で荀攸は、緊張に体を強ばらせる彼を安心させるために「あの太傅が反応するようなことを口にしなければ大丈夫だ」と告げる。

（事実、現状で『余程のこと』に該当するのは劉焉絡みのナニカのみ。今の彼らになにかができるわけでもないからな）

如何に曹操が有能であっても、距離の壁を越えることは不可能だ。

故に司隷や荊州を抜けて益州の劉焉と連絡が取れるはずがない。

（なればこそ現在の曹操ができることと言えば、隣の冀州で袁紹絡みのナニカをすることや、幷州に下って袁紹を討伐するよう勅命を受けた王允と何かしらの取引を行う程度のことだろう？　もしも曹操が王允とつながっていたというのであれば、それを理由に消すだけの話だし、袁紹なら尚更よ）

元の世評に加え、現在の長安における隆盛ぶりから世間では三公だの司徒だのと言われて一定の評価を受けている王允。

しかし弘農陣営からみれば彼はすでに終わった存在でしかない。

袁紹？　今更袁紹に味方したとて、それが一体なんになるというのか。せいぜいが体（てい）の良い壁にされた挙句、墓前で「親友よ、すまない。お前の敵（かたき）は必ずや私が取ってみせる！」などといった寸劇をされるのが目に見えている。

（そうなりたいというのであれば、そうしてやるまでのこと。書類仕事が得意なことに定評のある曹操を失うのは確かに損失ではあるだろう。しかし所詮はその程度。帝のご意思と比べれば些事に過ぎぬ）

これ以上ないくらい明確に漢という国に叛旗を翻した袁紹の討伐は、漢の秩序を守る上で必須事項。たとえ袁紹の下に一族の者が仕官していようとも、この期に及んで袁紹に容赦をするという考えはないのだ。

そしてその荀攸の気持ちは荀彧も共にするところである。彼にも彼の主である曹操にも袁紹の命乞いなどするつもりはなかった。

「で、では単刀直入に伺います。前兗州牧劉岱様と前揚州刺史の劉繇様が正式に手を結び、袁術の攻勢に備えようとしている昨今。弘農。いえ、陛下は我らに何をお望みか？」

「ほほう。確かにこちらも件のご兄弟が大人しく降伏するとは思っておりませんでしたし、勅命を受けて動く袁術殿への対抗措置として手を結び、北と東から圧迫するであろうことは想定しておりましたが、やはりそのようになりましたか」

「う、うむ！　……あぁいや！　違う！　はい！　そうなったんです！」

現在曹操の名は、世間一般で袁紹の盟友にして逆賊の首魁の一人と認識されてはいるものの、実際のところ彼は、董卓からの指示を受けて袁紹が掘った墓穴を広く、そして深く掘り下げる役目を帯びた埋伏の毒だ。

その彼が袁紹の行動をうまく調整したからこそ、先年の戦で漢という国の奥底に巣食っていた身中の虫が大量に表に出てきたし、今もこうして『宗室の中でも二龍とまで称された劉岱と劉繇の兄弟。その二人が選んだのは、帝に対する謝罪ではなく抵抗である』という、弘農陣営が欲していた『正確な情報』を齎してくれているのだ。

これだけでも彼を埋伏の毒として送り込んだ董卓と、そうするように指示を出した者の目は正し

かったといえよう。

「ふ、ふふふ」

（これでこちら側も動けるな）

（ひ、ひぃぃぃぃ！）

荀彧が暴露した『正しい情報』を耳にした荀攸。その表情は、長安から送られてきた使者の口からとある人物の名を聞いたときの太傅の弟子たちが浮かべた笑みと同じ種にして、さらにその闇を深くしたものだったという。

三

八月上旬　兗州・東郡・濮陽（ぼくよう）

親族の豹変を受けて顔面蒼白となり、命からがら弘農から逃げ出すことに成功した（あくまで彼の主観ではそうなっている）荀彧は、元々の予定であった故郷潁川の復興具合の確認や、冀州にて別れた一族の現状の確認などを行うことなく、足早に主君の待つ濮陽へと帰還していた。

「荀彧が昨日戻ってきたらしいが……詳細は聞いたか陳宮（ちんきゅう）？」

「あまりにも急いでいた、とだけですな」

「うむ。本当は昨日のうちに私に報告をする心算だったらしいが、あまりにアレだったために家人に止められたそうだ。しかしそんなことを報告されても、な。その、なんだ。正直反応に困る」

「まぁ曹操殿が速度を重視していることは旗下の皆様全員が理解しているところですからなぁ」

「しかしそれとて時と場合によるだろうよ」

「ごもっとも」

事実、曹操は常日頃から「多少の無礼は認めるから最速で情報をよこせ！」と言っているし、今回弘農に送った荀彧が、予想以上に早くそれも顔面蒼白で息も絶え絶えに帰還してきたことを聞いたことから、曹操も陳宮もその理由を（急がねばならぬほどのナニカがあったのだろうな）と判断していたのは確かだ。

また、そのナニカが弘農からの指示であると確信していたので、最速で報告をして欲しいという気持ちがあったのも否定しない。

曹操に付き従うにあたって『情報が全てを左右する』と教えられ、それを実践している面々からすれば、荀彧の取った行動は迂遠そのもの。

これでは彼に否定的な面々から「焦らすことで家の格をこれみよがしに見せつけているのではないか？」などと批難されても仕方のないことではあるかもしれない。

しかし、だ。これらの意見には曹操が望むのは『正確な情報を素早く伝えること』であって、冷静さを欠いた者から主観混じりの報告を受けたいわけではない。という大前提が完全に抜け落ちてしまっている。

　こういった事情もあって曹操としては、今回荀彧側から「落ち着くために時間が欲しい」と言われたことに対して批難する心算もなければ罰する心算など毛頭なかった。

（なぜわざわざその程度のことを悪しざまに報告して来る者が後を絶たぬのか）

　未だ一郡の太守であり、それに見合った規模でしかない己の家臣団の内部で行われている足の引っ張り合いに内心でうんざりする曹操だったが、一応彼にも「荀彧の一族が董卓陣営や袁紹陣営にいるのが気に食わない者」や、「宦官閥なのか名家閥なのかはっきりしないところが嫌いだ」という者がいるのは理解できるのだ。

　しかし、しかしだ。その能力は元より、自身の出自から名家閥と、そして妻の出自から宦官閥と繋ぎが取れることなどを鑑みれば、荀彧は今の曹操にとってなにものにも代え難い大駒である。

　それを潰すなんてとんでもない。

　少なくとも現時点で曹操に荀彧を放逐したり冷遇したりする心算はないし、文官筆頭の座を譲り渡すこととなった陳宮とて、一緒に書類仕事をしてもらっている上に一番の面倒事を担当してくれている荀彧を排除する心算はない。それどころか曹操が庇えば角が立つと考えている陳宮は荀彧の行動を批難する声が挙がる度に「ならば君が書類仕事をするかい？」だの「なんなら弘農に逝ってもらってもかまわんよ？」といった感じで人知れずフォローをしているくらいだ。

　こういった背景もあり、文字通り清濁を併せ持つ覚悟を決めた曹操や、個人の名誉よりも実益を重視している陳宮からすれば『もう少し仲良くしろ』と言いたいところなのだが、人の心はそう簡単には定まらないといったところだろうか。

結局、曹操と陳宮の間で交わされる議論は「皆が彼の存在を完全に認めるまでには時間と成果が必要不可欠である」というありきたりな結果に終わるのが常であった。

閑話休題。

「……陳宮。お主、妙に落ち着いておるな？」

弘農に向かった荀彧が、外聞も何も気にせず、駆け込むように帰還した。

現在わかっているのはこの程度のものでしかない。

さしもの曹操もこれだけでは何がどうなったかを推察することは難しいと言わざるを得ない。しかしながら荀彧が向かった先で待ち構えていたであろう人物の怖さを知っている曹操にとって、この状況は悪夢そのもの。

この時点で頭痛が痛い状態になっていた曹操だが、しかし彼と共に荀彧の報告を待つ立場にある陳宮は、少なくとも表面上は冷静そのものだった。

一周回って冷静になった？　違う。

彼は彼なりの算段があって冷静さを維持できているのだ。

「いや、最初は某も焦りましたが、よくよく考えれば荀彧殿が生きて戻ったというだけでも朗報だなぁと思い直しまして」

「……あぁ。なるほど」

もし荀彧がこの場にいたのならば「そんな危険なところに自分を送り込んだのか！」と声を荒らげただろうし、曹操と陳宮の二人は声を荒らげる荀彧に対して『何を今更』と思いながらも宥めすかすことになっただろうが、残念ながらこの場には曹操と陳宮しかいないので、死地から生還してきた荀彧に対する配慮の言葉はなかった。

あるのは冷徹なまでの考察である。

「もしも向こうが曹操殿に敵意を抱いていたり、何も望んでいなかったというのであれば、荀彧殿は逆賊の徒として処断されていたはず。ですが実際は……」

「焦ってはいるが無事に帰還している。つまり向こうは私に何らかのやらせたいことがある、か」

「御意」

「ふむ」

こちらになんの話もさせずに踏み潰すことができるだけの地力がある相手に悪意や敵意を向けられても困るし、無関心も怖い。しかし荀彧が生還（帰還ではない）してきたことから、最悪の状況ではないことは確かだ。

「そして往々にして物事というのは最悪でなければ何とかなるものです」

「確かにそうだ」

要約すれば「最悪じゃないならいいじゃないか」という、なんとも社畜精神に溢れた言葉である。

普通ならば「なにがいいんだ」と反論するところだろう。しかしながらこの言葉を放ったのが共に散々苦労してきた陳宮であったがために、曹操は反論するよりも先に納得を覚えてしまう。

「そう考えれば気も楽になるな……。ん。荀彧が来たか。よし！　それでは本人から話を聞くとするか！」

「ええ。ええ。そうなさいませ。やはり太守たるもの余裕が大事ですからな。……たとえ話の内容がどれだけアレなものであっても、心を壊してはいけませんぞ」

「ははは。こやつめ」

先程までの沈痛な空気から一転し朗らかな雰囲気に包まれた曹操・陳宮の主従は、荀彧が到着したという報せを受けると同時に席を立ち、彼が弘農から持ち帰ったであろう策を確認せんと足を運ぶのであった。

四

「長安、いえ弘農が殿に求めることは、大きくわけて二つあるそうです」

「ほほう。二つもあるのか。それは重畳(ちょうじょう)」

「は？」

「ん？　何かおかしなことを言ったか？」

「い、いえ。今の殿に二つも仕事を背負わせるのはどうかと思っておりましたもので」

「あぁ。それか」

荀彧からすれば、東郡の太守となったばかりの曹操に大きな仕事を任せるのは無茶ぶり以外のなにものでもないと思っていた。

しかしそれはあくまで荀彧の意見であって、曹操の意見ではない。

(荀彧の言いたいこともわかるのだがな)

陳宮との話にもあったように、今の曹操にとって最悪なのは、向こうから何も求められないこと。つまり『もはや貴様に価値は無い』と見捨てられることである。

もちろん荀彧が無事に生還してきたことから、少なくとも何らかの仕事を回されるのだろうと思ってはいた。

思ってはいたが、そこに『そうであってほしい』という自分たちの希望が含まれていなかったか？　と問われれば、曹操も陳宮も弱弱しく首を縦に振るしかなかった。

そういった不安があった中、実際に弘農に赴き、重鎮である荀攸と顔を合わせてきた荀彧の口から『自分たちにやらせたいことがあるそうです』と告げられたのである。

これにより最悪の事態を免れたことを知った曹操が『それだけで十分だ』という意味を込めて「重畳」と呟くのも当然のことといえよう。

仕事の内容よりも、仕事があるという事実に安堵する社畜精神旺盛な英雄の内心はさておくとして。

「それで、荀彧殿。長安、いえ、弘農の方々が我らにやらせたい仕事とはどのようなことなのでしょうか？」

気を抜いた曹操を差し置いて問いかけるのは、隣で話を聞いていた陳宮であった。

荀彧としては、自分よりも先に曹操に仕え、反董卓連合を共に乗り切った間柄であること。

元々司隷は中牟(ちゅうぼう)県の県令というエリート街道を進んでいた名士であること。

なにより現在曹操が太守となっている東郡の出身者として、地元の名士との繋ぎとして活躍していることなどから、陳宮に対して思うところはない。

むしろ、陣営に参加してからこれまで、陳宮が自分を立てていることに申し訳なさを感じているくらいであった。

そんな、ある意味で恩人ともいえる陳宮からの問いかけである。

本来であれば曹操にのみ伝えるべき事柄であるとはわかっていても、荀彧は彼に対して隠し立てをする必要性を覚えなかった。

——どうせ後から三人で話し合うことになるというのもあるが、それはそれ。

荀彧は信用の証として、陳宮からの問いに応えることにした。

「まず一つ目。兗州の豪族や諸侯、その支援者を纏めて欲しい。とのことでした」

「うん？　兗州の諸侯らを纏める？　いや、まぁ必要性は理解できるが……」

「ええ。現状では劉岱様の仕事。もしくは新たに州牧となる金尚殿とやらの仕事ですな」

訝し気にする曹操に対し、具体的な名を挙げて断言する陳宮。両者ともに諸侯を纏めることの必要性は理解しているものの、それを曹操にやらせる理由がわからなかった。

基本的な話として、敵として討伐するにせよ味方として取り込むにせよ、相手が表に出てきてこそ可能なことである。

面従腹背の輩とて顔が見えていればなんとでもなる。だが顔を見せずに金や物資だけ用意して、豪族や諸侯を支援しながらも、それらを隠れ蓑にして悪だくみをしている人間を探し、潰すのは容易なことではない。

「獅子が身中の虫に勝てぬのは、虫が身体の中にいるからだ。故に外に出す。それはわかる」

黄巾の乱から反董卓連合の間に軍閥化した豪族然り、それ以前から地元に根付いて地域の王のような振る舞いをする名家然り。ただ、どれだけ息巻いていても彼らは所詮地方の一勢力でしかないので、中央としては『いずれ纏めて処理しなければならない対象』と認識していながらも、どうしても見逃しがちになってしまっているのが現状である。

例外としては、その財と地縁を用いて宦官と繋ぎをつけ、妹を後宮に入れることに成功した上で大将軍にまで成り上がった何進という逸材がいるが、彼は本当の意味での例外である。

通常であれば何進は最初に使用した分だけでなく、実家がため込んでいた財産さえも宦官やら名家やらに奪われて路頭に迷っていたはずだ。それを阻止しただけでなく、一代で全盛期の十常侍やそれと渡り合っていた名家閥の面々と張り合えるだけの勢力を構築することができる人間など存在しない。

というか、わざわざ中央にて出世したあとでそれを羨んだ有象無象や、既得権益を守ろうとする魑魅魍魎どもと暗闘を繰り広げるくらいなら、地方で王として君臨したほうが楽だし実益もある。

そのことを知るからこそ、通常彼らは表に出てこない。

中央政府からすれば、彼らが汚職をしていることは明白ではあるものの、あまりに規模が小さすぎて逆賊に認定するほどの存在ではないということも、彼らのような害虫が長らく生存できている理由の一つである。

ただし、それはいつまでも害虫が蔓延ることを認めるということと同義ではない。

「ですな。弘農では、袁紹や王允の暴走を利用して中央、つまり洛陽や長安に巣食っていた虫どもを排除する目途が立ったのでしょう。ですが……」

「うむ」

中央の掃除を終えたなら、次は地方。わかりやすい理屈である。

そして彼らは自分たちの目が届かないところに潜んでいる虫を、纏めて欲しいと考えているのだろう。それはわかる。わかるのだが、そもそも曹操はあくまで東郡の太守であって、兗州の刺史でもなければ州牧でもない。

現在のところ兗州の代表として認識されているのは、今まで刺史であった劉岱であり、これから州牧となることが決まっている金尚である。

故に、兗州に蔓延る害虫を一箇所に纏め、駆逐するのは彼らであるべきではないか。

「滅ぼすべき害虫を、逆賊とされている劉岱様の下に纏めろというのであればわかる。それらを纏めて討伐させれば金尚とやらの功績になるからな」

「ですな。もしくは殿が事前に纏めておいた虫どもの情報を、金尚殿とやらに差し出させることで殿の功績とする、というのも考えられますが……」

「まぁ、私を兗州の諸侯に対する埋伏の毒として活用するならそれもあるだろう。私が差し出した情報を基に害虫を駆除できれば、隠れ潜んでいた虫を表に引きずり出したこと自体が私の功績になる。もちろん実行した金尚も実績を積めるしな。それらの功績を理由に私を恩赦の対象とするとなれば悪いことではない。しかし、どうにも迂遠な気がする」

「ええ。弘農のお歴々が考えたにしては穏当すぎますな」

「そうだな。というか、今の私が彼らを纏めようとしたところで、普通に反発されるか劉岱らに邪魔をされて終わるだろう。中途半端に動いたせいで立場を危うくしては意味がない。荀彧よ、そこのところは何か言われていないか？」

（えぇぇぇぇ）

兗州の人間全員を裏切った挙句、その首に縄を付けて新帝に差し出すような行為のどこが迂遠で穏当なのだろうか。高い知性と確かな教養を兼ね備えた荀彧からすれば、これだけでも十分すぎるほど悪辣な策だと思うのだが、当の本人たちはそうは思っていないようでしきりに首を捻っているではないか。

（いや、これが乱世を生き抜くために必要な資質なのだろう。それに、確かに公達から言付かっていることはある）

内心でドン引きしていた荀彧は、気を取り直して曹操の問いに応える。

「はっ。それが尚書殿から伝えられた二つ目の仕事となります。即ち『兗州の諸侯を纏めて金尚の行動を阻んで欲しい』とのことでした」

「……ほう」

「ふむ。金尚は陛下によって州牧として任じられた正式な人員。それを阻むとなると……あぁ。袁術ですか」

これだけで通じる二人はやはり傑物なのだろう。荀彧はそう思いながらも、誤解や勘違いが発生しないよう荀攸から申し伝えられた内容を告げる。

「陳宮殿のおっしゃる通り、確かに金尚は劉岱様に代わる州牧として任命されております。しかしながらそれを決めたのは陛下ではなく楊彪殿だったようで……」

「あぁ。陛下が喪に服している間に、楊彪らが劉岱様に代わる兗州の州牧を決めていたわけだな？」

「はっ。本来であれば反董卓連合に参加した時点で劉岱様は罷免されたうえで、新たな州牧が任じられる予定でした。しかしながら遷都やらなにやらで任命が遅れていたそうで、実際に後任が決まったのが陛下の喪が明ける数ヶ月前だったとか」

「なるほど。そこまで決まっていたのであれば、陛下としても金尚の赴任は反対はできまい」

「さて、軽々に反対するよりも、利用することを選んだのでは？」

陳宮が予想したように、当初劉弁は楊彪が決めた人事には反対していた。何なら金尚を袁家の関係者として処刑した上で別の人間を派遣しようとさえしていた。

しかし彼の教育係から『どうせ滅ぼすならその前に利用しましょう』と諭された結果、金尚の州牧就任を認めたという経緯があった。

その利用方法が今回のこれである。

「実際に彼が兗州牧となるためには、現在州牧として君臨している劉岱様や勝手に太守を名乗っている殿らを排除する必要があります」

「うむ。しかし、戦をするにしても今の金尚に動かせる兵はない。誰かを頼ることになるが……勅では驃騎将軍となった朱儁将軍と袁術が関東の戦に当たるのだったな」

「ええ。袁術であれば袁家に、朱儁将軍であれば官軍に援軍を要請することになります」

そして金尚が選んだのは元々縁があった前者であった。

「はっ。金尚からの要請を受けた袁術は朱儁将軍に対して『兗州の逆賊は自分たちが受け持つ故、将軍は黄巾の残党や袁紹に警戒してもらいたい』と嘆願したそうです」

「なるほど。袁術の狙いは徹頭徹尾袁紹だ。弘農はそれを利用するつもりだな」

「御意。袁術は袁紹が恩赦を受けることを危惧しているようで、一気呵成に袁紹と彼に味方をしている者たちを滅ぼすつもりのようです」

「我々はついで、か」

「まぁ、そうなるでしょう」

袁術を筆頭とした袁家の関係者からすれば、曹操や劉岱は同僚であって明確な敵ではない。

袁紹こそが不倶戴天の仇である。

何進の敵討ちを名目に宮中へ侵犯しただけならまだなんとかなった。

過程はともかくとして宦官を減らしたことは名家にとって諸手を挙げて歓迎することだったからだ。

事実。袁隗らはかなりの出費を強いられたものの、袁家が逆賊とされることはなかった。

問題はその後だ。

袁紹が己の保身に走り洛陽から逃亡しただけでなく、何をトチ狂ったか橋瑁（きょうぼう）に担がれて反董卓連合の盟主となってしまった。このせいで、全てが終わってしまったのである。

せめて根回しやら袁家の人間が洛陽を脱出してから行動に移せばよかった。

しかし彼は一族を一切顧みることなくことに及んでしまった。

有体（ありてい）に言って大問題である。

この暴挙のせいで、袁隗ら袁家の人間は逃げる間もなく捕らえられたし、逆賊の一味として言い訳をすることもできずに殺されることとなった。

本来であれば袁術もここで死んでいただろう。だが彼は洛陽の政治力学やらなにやらのおかげで奇跡的に粛清から逃れることができた。しかしそれは袁術を利用しようとする人間の思惑が働いたおかげであって、袁紹がなにかをしたわけではない。

むしろすべての元凶だ。

その後も袁紹は、華雄(かゆう)率いる軍勢を恐れて積極的に前に出ることはなく、なんなら華雄が撤退するまで河内から動くことはなかった。結果として袁紹は散々袁家が蓄えていた物資を垂れながした挙句、なんの成果もあげることもできぬまま連合を解散させてしまうという事態を招いてしまっている。

遷都させられることになった洛陽の民や、周辺の民に悪印象を抱かれた分、収支はマイナスと言ってもいいだろう。

これにより四世三公を謳った袁家の名声と信用は地に落ちた。

こういった事情から、袁術や彼に味方する者からすれば、袁紹こそ袁家を傾かせた元凶であり、滅ぼすべき邪悪なのだ。

「その袁術らの思惑を利用するのが弘農の狙いです」

「ふむ」

袁術が抱く袁紹に対する殺意は本物である。これだけなら弘農としても対袁紹として非常に都合のいい駒として袁術らを利用しようとしただろう。

しかし、ことはそう簡単ではなかった。

なぜか。新帝こと劉弁からみて、袁術もまた滅ぼすべき邪悪であったからだ。

もし袁術が反董卓連合に参加せず、董卓に味方をしていたのであれば、劉弁とて素直に『袁紹と袁術は違う』と、認めただろう。当然汝南袁家もその存在を認め、袁術を汝南袁家の当主として認定していただろう。

だが袁術は反董卓連合に参加した。してしまった。

それだけではない。袁術は反董卓連合の副盟主として、汝南から離れた袁紹にはできなかった兵糧の提供という戦略的な重役を担ったのである。ある意味、袁術こそ反董卓連合を支えた人物といっても過言ではないのだ。

それらを知った劉弁が、袁術を許すはずがなかった。

度重なる反逆行為を受けた劉弁にとって、汝南袁家を滅ぼすことは決定事項となった。

劉弁は即座に袁家の関係者を滅ぼそうとしたが、それを阻む者がいた。

司空・楊彪である。

彼は袁術の妹を娶っていたが故に、袁家に連なる人間であった。

彼は、もし袁家が問答無用で一族郎党誅殺されることになった場合、自分も誅殺される対象になることを理解していた。そのため彼は袁家やその関係者の助命を試みた。

具体的な例として、司空として許される範囲で袁家の関係者に仕事を割り振り、死ねば困るような状況を作った上で恩赦を求めたのである。

彼が恩赦を求める相手として選んだのは、弘農で喪に服していた劉弁や、その周囲を固めていた太傅らではなく、劉弁の代理人として長安に滞在していた丞相・劉協であった。

老練を体現したような楊彪に対し、歳のわりに聡明とはいえ、いまだ幼い劉協が対抗できるはずもなく。

結果として楊彪やそれに便乗して名家に恩を売ろうとする王允の手によって、多くの家が恩赦を受けることとなってしまう。

ただでさえ袁家に良い感情を抱いていないというのに、よりにもよって幼い弟を利用されたのだ。劉弁が怒り狂うのも当然のことだった。

しかし、いかに絶対権力者であろうとも、一度決まったことを覆すことは容易ではない。それが、自分が喪に服している際の代理人として派遣していた弟の劉協が決定したことであれば尚更だ。頭ごなしに否定してしまえば劉協の立場がなくなってしまう。

そういった事情を勘案した結果、恩赦は認められた。これ以上の恩赦は認めないと釘を刺した上ではあるものの、袁家とその関係者に対する恩赦は認められたのだ。

「しかし、それは陛下にとって不本意極まりないことでした」

「それはそうだろう」

この状況で袁家の存続を認めるならば、それは度量が大きいのではなくただの阿呆である。

だが、先ほども述べたように一度決めたことを覆すのは簡単ではない。

しかしここに例外が存在した。

朝廷から逆賊扱いをされているものの、その裏で弘農と繋がっている者、即ち曹操である。

「恩赦を認めた以上、彼らは袁術やその周囲の人間を討つことはできん。だが我々であればその限りではない、と」

「御意」

現時点で逆賊認定されている曹操たち兗州勢が、逆賊予備軍である袁術ら豫州勢と戦うことに問題はない。そこで袁術らが負ければそれを理由に叱責できるし、なんなら討ち死にしてくれれば手間が省ける。

逆賊認定ができているわけではないので問答無用で族滅させることはできないが、それでも勢力を削ぐことができるだけマシであると言えよう。

「兗州の諸侯や豪族が袁術や金尚に降る可能性は？」

「ないでしょう」

「なぜそう断言できる？」

「先だって陛下は『袁術らを経由した恩赦を認めない』と宣言なされました故」

「そうか。そうだったな」

恩赦が認められない以上、袁術に降ることはできない。かといって逆賊のまま死ぬわけにもいかない。

故に兗州の諸侯は、本意ではないにせよ一つに纏まって袁術と戦うことを選ぶだろう。

「そこで殿が袁術の非を鳴らしつつ、諸侯には『陛下が袁家を滅ぼすことを望んでいるはずだ』と囁いて諸侯を纏める。そうして殿の下に集まった情報を弘農に流すことで、弘農は兗州に存在する不穏分子の情報と逆賊予備軍である袁術を苦しめることができる、というわけですか」

「えぇ。最終的には袁紹の首を獲った後に殿の恩赦を認める、と」

「ふむ。連中の首を私が獲る必要は？」

「いえ。最終的に袁紹の首を獲れるのであれば、劉虞様だろうと朱儁将軍だろうと殿だろうと構わないとのことでした」

「それなら問題はないな」

もちろん自分が袁紹を討ち取ればそれに見合った褒美を貰えるだろうが、そのために無理をするのも馬鹿らしい。

「しばらくは兗州の州牧あたりをさせられた上で最終的に長安、もしくは復興した洛陽に呼ばれるくらいが丁度いい。そう思わないか？」

「そのくらいが妥当かもしれませんな」

「御意」

曹操にしても陳宮にしても、もちろん荀彧にしても、腐敗した今の在り方を憂えてはいるものの、漢王朝そのものを滅ぼしたいとは思っていない。

彼らとしては優秀な人材のもと再興してくれるのであれば、それが一番良いのである。

（その際、自分にそれなりの役職が与えられるのであれば、それでいい）

「差し当たっては諸侯に書簡を送るか」

「それがよろしいかと」

こうして、荀彧の働きによって『帝が曹操にしてほしいこと』が明確になったことで、曹操主従が抱えていた不安は払拭された。それどころか自分が切り捨てられないことを知って些か以上に気が楽になった曹操は、弘農の思惑に沿ったうえで、自分たちにとってより良い未来が訪れるよう動くこととなる。

（ふふふ、袁術。私はこれから君の邪魔をすることになる。もちろん君が悪いわけではない。色々とやらかした君の従兄弟殿がいけないのだよ。故に、君はただあれが己の血族であるという、生まれの不幸を呪うがいい）

――涼州、そして長安を主とした関西での動乱を前に、関東でもまた騒乱が引き起こされようとしていた。

四八　涼州動乱

一

八月上旬　司隷・長安

関の東西を問わず、それぞれの群雄が具体的な動きを見せ始めようとしていたときのこと。ここ長安に、郿にて北方騎馬民族を警戒する任にあたっていた大将軍董卓より、とある一報が届けられた。

「やっとか！」

その一報を耳にして喜色を浮かべるは、一時期自身が持つ能力を恐れた宦官や名家連中の企てにより中央政界から追放され不遇の身となっていたものの、帝に対する揺るぎなき忠誠心と不遇の身となっても腐らずに鍛え続けた実力を評されたが故に三公の地位を頂戴し、今や長安の全権を握るにまで至った英傑（を自称する男）司徒王允その人であった。

王允がこのような反応を見せるのもむべなるかな。

なにせ董卓が派遣した使者が言い放った口上は『情報通り金城にて羌と胡の連合軍を確認した。ついては連中を確実に殲滅するために、司徒殿に預けていた并州勢を郿に派遣して頂きたい』という、彼が待ち望んでいたことをそのまま具現化させたような内容だったのだから。これまで董卓が動かなかったことにやきもきしていた王允からすれば、吉報どころの話ではない。

「これで漢を糺す計画が進むことになるぞ！　……しかし、なんというか。惜しいな。いや、今はこれでも十分と見るべきなのだろうが、やはり惜しい」

王允としては董卓から派遣されてきた使者には「自分たちは兵を率いて郿から出るので、これから長安から出る并州勢は後詰として郿に入ってもらいたい」と言ってもらうことを望んでいたのだが、流石にそこまで望むのは高望みしすぎだ。と彼にしては珍しく現実を弁えていたので、今回董卓から送られてきた援軍要請に対して多少「勿体ない」とは思いながらも不満に思うことはなかった。

とはいえ、不満はなくとも不安はあった。

「懸念があるとすれば并州勢を派遣した後だな。私の警備が手薄になったと見れば、己に能力と忠義が足りぬことを自覚することができぬ輩。つまり分を弁えることを知らぬ阿呆であるが故に私の立身出世を妬んでいる連中や、帝の代理人である私に逆らうという大罪を犯したが故に処罰された反逆者どもの関係者が逆恨みし、私怨を晴らすために襲ってくる可能性は否定できん」

　自身を漢の忠臣、否、漢の守護者と定義している王允。彼は自身の行いこそが漢にとっての絶対正義であり、自身の存在こそが漢にとって必要不可欠である。よって自身に逆らう者たちを粛清することもまた正義の行いだと確信しているものの、その大望を理解できずにいる者たちが自身を嫌っていることや、関係者を罪人として罰せられたことに納得していない者たちが自身を逆恨みしていること。さらにはそういった連中が、隙あらば寝首を掻こうとしていることも理解していたのである。

（この状況で、矛でもあり盾でもある并州勢を手元から放出することの危険性は如何程のものか）

　名家としての損得勘定に加え、保身についても考慮する王允であったが、その答えは元々の計画の中に組み込まれていた。

「皇甫嵩（こうほすう）ならば特に問題はあるまい。やはり護衛に関しては官軍でよかろう。あやつは融通が利かぬから謀反人どもの粛清ができなくなるが、それも少しの辛抱と考えれば……今は耐えるべきだろうよ」

　この時期正式に長安の守備を任されていた皇甫嵩は、自身を一将師と定義付けているがゆえに政の世界に口出しをしないよう、意図的に距離を置いていた。それは言い換えれば「王允の味方をしていない」とも取れるのだが、同時に「王允の敵にもならない」ということでもある。尤も実際のところ皇甫嵩は、長安での王允の行動を見て「あまりにも度が過ぎている」と判断し、董卓へ直訴を行う程度には王允を敵視しているのだが……

「誰が敵で誰が味方かわからない中、敵にならないというのは悪くはない。……まぁいずれ優柔不断のツケは払わせてやるがな」

なまじ距離を置いていたからだろうか。王允は「皇甫嵩が自分に敵対する」と考えるどころか、むしろ「自分が名実共に天下を握った後で擦り寄ってきても遅いぞ」などと考えると共に、今後自分に擦り寄ってくるであろう連中の阿呆面を想像してその口元を歪めつつ、用意していた策を実行に移すための準備に入るのであった。


〜〜

明けて翌日。


「郿、ですか？　それも援軍として？」

「うむ。大将軍である董卓殿から直々に頼まれましてな。一応確認してみますか？」

呼び出しを受けて出陣の指示を受けた呂布が「なんで？　并州じゃなかったのか？」と首を捻れば、呼び出した側の人間である王允は王允で、堂々と董卓から送られてきた書状を開示する。

「拝見します……確かに」

出された書状を確認してみれば、内容は確かに王允から伝えられた通りのものである。こうなってしまえば「四万程度の連中に援軍が必要か？」と疑いを持っていた呂布も頷かざるを得ない。

「分かってもらえただろうか？」

「はっ。お手間を取らせてしまい、申し訳ございません」

「なんのなんの。こういった確認は大事ですからな」

「恐縮です」

一連の流れの中で「儂が言ったのだから、黙って信用するべきだろうが！」などと内心で憤る老人がいたらしいが、それは呂布の知ったことではない。

呂布にとって重要なのは、軍を統括する立場である董卓から正式に命令があり、王允を通してではあるがそれを受諾したということだ。

「それでは出陣の支度をいたします。兵糧は最低限の持ち出しで、補給は郿で受ける形。と考えてもよろしいでしょうか？」

『輜重隊(しちょうたい)を率いず騎兵だけで先行するべきか？』と問うた呂布に対し、王允は、

「そうなるでしょう。一応ではありますが、こちらでもなにか問題が発生したときに備えて数日分多く用意しようと考えております」

「問題？」

「一応、ですぞ。たとえばですが、援軍を察知した連中が別働隊でも組んで貴殿らの進軍の邪魔を

してきたら困るでしょう?」

「それは、まぁ、そうかもしれませんな」

「そうでしょう。そうでしょう」

この時点で王允の態度や董卓の援軍要請の内容に不自然さを感じていたのだが、結局(後から董卓殿に聞けばいいか)と判断した呂布は、自分の意見に異を唱えられることを嫌う王允を前にして『四万程度の集団が万全の構えを見せる董卓を前にして兵力を分散するか?』とか『いや、別働隊程度なら自分たちで潰せますが?』などと口に出すことはなかった。これは王允への配慮というよりは、不機嫌になるであろう王允の相手をしたくなかったからなのだが、このとき王允への反論をしなかったことが呂布にとって良いことだったのか、それとも悪いことだったのか。

「おぉ、そうでした!」

「?」

「大将軍殿から将軍に対しての指示、というか密命を受けておりましてな」

王允はそう言いながら、なんとも高級そうな印象を受ける箱を差し出す。

「密命?」

「えぇ。将軍が郿に到着する前にこれを開けるよう伝えて欲しい。そう厳命されております」

「ほほう。郿に到着する前に、ですか」

「左様。おそらく長安の内部に潜んでいるであろう董卓殿に反感を抱いている者たちに聞かれては困る内容なのでしょう。必ずや開封の時を誤ってはなりませぬ……それでは確かにお預けいたしましたぞ？」

「ふむ」

（本当に董卓殿が俺に用があるというのならば、秘策であれなんであれ俺に直接いうか、李粛に伝えているはず。それがないということは、この箱の中にあるものは董卓殿からの命令ではなく、王允からの命令と見るべきだろうな。さっさと中身を確認したいところだが、もしも俺が王允の予定にない行動をとってしまえば、王允の動きがわからなくなる。そうなれば色々と準備しているはずの董卓殿らが企てている策にも支障が出よう。ならばここは乗るしかあるまい）

「……確かに頂戴いたしました」

「時期を違えぬようお願い申し上げる。それではよしなに」

「はっ」

（怪しすぎるわ）

戦場の雄である呂布にさえ怪しく思われている時点で色々と程度が知れるというものだが、本人は至って真面目に『呂布に必勝の策を授けた』と考えているようで、何度も『ここで開けるなよ！』と念を押してから呂布の前から立ち去っていった。

——獣が一番隙を晒す瞬間は、獲物に食いつかんとするその瞬間にある。

これまで猟師に餌を与えられていたことにすら気付かず、目の前に差し出された餌を無警戒に貪っていただけの鈍獣は、今や狩人が自身を狩らんとしていることにすら気付いてはいなかった。

二

司隷右扶風（ゆうふふう）・平陵県

（ここまでくれば問題あるまい）

王允からの指示を受けた翌日のこと。

王允の手の者による監視を警戒した呂布は「援軍だから急がねばならない」という名目を使い、即座に軍勢を率いて長安を出た後に最速で京兆尹を抜け、その日のうちに郿と長安の間にある平陵県に到着していた。

本来であれば数日。早くとも二日はかかる道程を急いだ理由は一つ。いうまでもなく、兵を小休止させると同時に、王允から預けられていた『秘策』を確認するためだ。

（本来であれば長安で確認してもよかったのだが……）

呂布とすれば、あの場で内容を確認することは無理でも、帰宅してから確認することもできた。

だがそれは『誰の目が有るかわからない長安で、王允から出された命令に逆らう』という行動を起こすことを意味する。

（自宅には長安で雇った多数の使用人がおり、その誰が王允と通じているかわからぬ。そもそも隠し事が苦手な俺が下手に『秘策』の内容を知ってしまえば、必ずや表情や行動に現れてしまうだろう。それでは王允の前で指摘をしなかった意味がない）

腹芸が苦手な自分では、長安に生息している他人の顔色を窺うことに特化したような人間を誤魔化すことは不可能である。そう判断した呂布は、悩んだ末に『王允の手の者が追跡できない速さで行軍しその目を欺く』というある意味で単純明快な力技に出ることにしたのだ。多少無理やりなところはあったが、結果は最良。

当然のことながら王允が用意した『行軍を支える文官たち』は、全力で疾走する呂布らの行軍に付いてくることができず、この場にいるのは生え抜きとも言える幷州の騎兵のみ。

幷州勢の中に王允に与（くみ）する者がいるかもしれない？　それはない。

基本的に王允は幷州勢を見下していたし、幷州勢もそのことは知っていたので、両者の間には筆舌に尽くしがたい壁があった。それに加えて董卓の将帥としての実力と怖さを理解している幷州勢が、董卓を裏切って王允に与するなど有り得ないことだからだ。

それに、だ。もし、万が一幷州勢の中に王允に与する者がいたとしても、それがどうしたというのか。

長安に巣食う連中ならともかく、単純な幷州勢を誤魔化すことくらいなら呂布にもできるし、そもそもこれから呂布が取る行動を王允に伝えるためには、自身が一度長安へ戻るか、王允が派遣しているであろう間者に繋ぎをつけなくてはならない。

つまりそれは「何をするにしても数日の時間差が生まれる」ということである。

そしてこの平陵は、数日あれば郿に進むことも長安に急行することも可能な場所だ。

だからこそ呂布は王允から『秘策』を授けられた時点で（平陵に到着したら内容を確認しよう）と決めていたのだ。

ちなみにこの呂布の狙いを、今や他人の顔色を窺うことに特化した人間の代表格である王允が読めなかった理由は、偏に王允と呂布の距離に関する価値観が違ったからであろう。というのも、通常長安から郿まで進軍した場合、急いでも十日以上掛かるというのが常識であり、王允もその常識を念頭に話をすすめていた。しかしながら、それはあくまで官軍、それも歩兵や輜重隊を含んだ軍勢の常識である。

官軍で十日以上必要な距離であっても、今回のように輜重隊や歩兵を連れていない幷州騎兵ならば四、五日程度で着く程度の距離でしかないので（単騎ならもっと早い）王允にとって『郿の近く』といえば、右扶風の美陽あたりになるのだろうが、騎兵の行軍速度を基準とする呂布からすればば京兆尹から出たら。否、なんなら長安から出た時点で『郿の近く』と言っても過言ではないのだ。

こうした価値観の相違があったからこそ、呂布の表情や雰囲気を確認していた王允も「呂布は自分に従うつもりのようだ」と誤認することになってしまった。

つまるところ、幷州の生まれでありながら故郷を田舎と蔑み、田舎出身の荒くれ者を疎んじていた王允は、その思い込みにより足を掬われる形となった。というだけの話である。

「さっさと『秘策』とやらを確認するとしよう」

自身の行動に対してなんら疚しさを覚えぬまま秘策を確認する呂布。

「…………はぁ？　いやこれは何かの間違い……ではない、な」

ぐしゃりと音がする。

王允の失態はさておくとして、董卓が使うとは思えないほど豪華な箱に入った『秘策』を確認した呂布は、最初思わず自分の目を疑い、次いでじっくりとその内容を確認した後で『勅』と書かれた書状を握り潰した。

「……舐めた真似をしてくれる」

呂布の手の中にある書状は『陛下及び殿下らを私物化する李儒とその一党を討つべし』から始まり『その手始めとして郿を攻略して政を壟断する董卓を討て』と書かれていた。

さらに呂布を怒らせているのは末尾に書いてあった一文であった。

「なにが『長安に残した家族は紅昌に付けた使用人が護る故、心配無用』だ。これでは人質ではないかっ！」

本当に勅命ならば家族を人質に取る理由などない。というかそもそも王允に勅命が下されるわけがない。

もしも劉弁か劉協が長安にいたのならば。

もしも王允が彼らから本当に信用を得ていたのならば。

もしも董卓が本当に政を壟断していたのならば。

もしも董卓が紅昌と自分の婚姻を認めず、自分で彼女を囲い込もうとしていたのならば。

そしてもしも、弘農に在って帝を守護する外道の存在を知らなかったのならば。

様々な『もしも』が積み重なっていたならば、あるいは呂布も王允の寝言を信じて董卓へ矛を向けたかもしれない。だが、現在劉弁も劉協も長安にはいないし、わざわざ王允に勅命を下すほど彼との接点はない。

当然政から距離を置こうとしている董卓が政を壟断しているという事実もない。

さらに董卓には養父というだけでなく、王允の養女である紅昌の存在意義が自分の囲い込みにあるということを理解した上で、彼女と自分の婚姻を認めてくれた恩がある。さらにさらに、臣下に勅命を下すことが可能な皇帝劉弁その人は、弘農の外道に絶大な信頼を置いているではないか。

この状況で帝が王允に対して『外道を討て』だの『董卓を討て』と勅命を下すだろうか？

「ありえん。これは偽勅だ。しかしだからといって……」

考えるまでもなく『これは王允の策である』と断言した呂布だが、同時に懸念していることもある。

（これが王允の策だというのは分かる。というか王允とて最初からこんな子供だましで俺を騙せるとは思っておるまい。しかし問題はそこではない。問題はこれがどれだけ稚拙な策であろうと、俺は奴に人質を取られている。ということだ）

紅昌が王允の策を知っているかどうかはわからない。だが彼女の周囲にいる連中は間違いなく王允の意を酌んでいるだろうことは疑いようがない事実であった。

（自分が脅されるだけならば良い。紅昌も無関係ではないのだから、彼女の生死とていざというときは仕方がないと諦めがつく。だが妻や娘を王允に殺させるわけにはいかん）

并州にいたころから苦楽を共にしてきた妻の厳氏（げんし）と、彼女との間に生まれた年端も行かぬ娘は完全に無関係。いや、無関係どころか、呂布の我儘（わがまま）によって巻き添えを喰った被害者だ。その両者の身命が今や王允の手の内にあるという事実は、荒くれ者の中でも比較的感受性豊かな呂布を大きく苦しめる要因となった。

「……李粛を呼ぼう」

王允は憎い。可能ならこれから長安に殴り込みをかけて殺してやりたい程憎い。だがここで怒り狂っても何も解決しない。そう判断した呂布は、彼にしては長時間悩んだ末に、自身の親友であり、董卓の代理人でもある李粛に知恵を借りることにした。

（もし『諦めろ』と言われたらそのときは……）

――呂布の矛が振り下ろされる先は、呂布を信じる養父・董卓か、はたまた呂布を脅す側室の父・王允か。

漢の重鎮でもある両者の未来とその命運は、李粛の双肩にかかっている……かもしれない。

三

「いや、んなこと言われてもよぉ」

呂布に呼び出され諸事情の説明を受けた李粛の第一声は、このようなものだった。

「お前の言いたいことは分かる。俺とて他の誰かに同じような相談をされたら同じようなことをいうだろうからな」

親友と見込んでいた男に断腸の思いで相談を持ちかけた結果、遠慮も配慮もない呆れを含んだ眼差しと台詞(せりふ)を頂戴した呂布は、頭に血を昇らせる……こともなく、李粛の言い分を「尤もだ」と受け入れた。

ここまで冷静に物事を考えることができているのは、偏に紅昌を娶るために許可を貰いに行った際、彼女の存在意義を董卓らから聞かされていたからだ。

(賈詡(かく)曰く、美女連環計。と言ったか。あのときはまさか司徒ともあろうものがこのような下賤な策を用いるとは思っていなかったのだが……あの時の楽観がよもやこのような形で返ってくるとは。

迂闊だった）

　故に、現在自分の置かれている状況は、董卓陣営からみれば最初から想定して然るべき事案である。李粛の立場からすれば「今更真剣に相談されたところでなぁ」となるのは当然のことだろう。呂布もそれは理解している。理解しているからこそ怒らないし、怒れないのだ。

　しかし、これは逆にいえば董卓らは最初から王允の策を見破っていたということでもある。

「董卓殿は王允の策を見破っていた。ならば、この状況も想定しているだろう？　ならば解決策も用意しているのではないか？」

　董卓も簡単に他人に騙されるような人間ではないが、そもそも董卓の背後には策を巡らせることについては他の追随を許さない例の男がいるのだ。

（あの、命知らずな荒くれ者が集まる涼州勢ですら恐れを抱く男が、すでに露呈している策に対してなんの対処もしていないなどといったことがありえるか？　……否、ありえん）

　個人的な付き合いは殆どないが、彼の者の悪辣さは十分以上に理解しているつもりだ。それに鑑みれば、彼の者は間違っても王允如きの策に乗せられるような人物ではない。と断言できる。対策がある。それはつまり『現状を打開できる』ということだ。

（気持ちはわかるけどよぉ。だが、大将や例の旦那がそこまで甘い筈もねぇってことくらいわからんかね？）

　考えているうちに希望を見出したのだろうか。期待に満ちた目を向けてくる呂布に対し、李粛は李粛で元々用意されていた計画を思い出す。

呂布が考えているように、董卓陣営では最初から『紅昌なる娘が呂布に接触したのは王允による策である』と認識していた。

よって王允が呂布を抱き込んで何かしらの策を実行に移そうとした際に取るべき対応も協議されている。

その内容は大きく分けて二つ。

一つ目の方策は王允の策を受けた呂布を説得し、王允に従うと見せかけて彼を裏切らせることだ。

この方策の利点は第一に『呂布は董卓に付くことを選んだ』と満天下に示すことが可能になるということであろうか。

これにより董卓の養子である呂布の立場はより強固なものになる。

第二の利点としては、王允との決別を契機として、王允や彼に賛同していた者。そして王允の後ろで黒幕気取りをしている人物の関係者を根こそぎ捕らえてしまうことで、予定されていた長安の掃除が完了することになる。その功績を呂布と、彼の養父である董卓で独占できるというのが大きな利点といえるだろう。

良いことずくめに見えるが、当然この方策にも欠点はある。それは、この方策が紅昌を殺すことを前提としていることだ。

なぜか？　彼女の養父である王允は紅昌が嫁ぐ前から皇帝劉弁の中で逆賊認定を受けてしまって

おり、処刑されることも確定しているからだ。劉弁の立場からすれば、逆賊の養女であり、董卓と呂布の間に打ち込まれた楔（くさび）である紅昌を生かす理由はない。いや、それどころか彼女を処罰しなければ、周囲に示しがつかないのである。

当然董卓としても自分を嵌める為に差し向けられた刺客を庇う理由はない。

よって、呂布が個人的な感情から紅昌を切り捨てることに反対した場合、劉弁や董卓と呂布の間に大きな溝ができてしまうという欠点があるのだ。

それを踏まえて考えられた二つ目の方策は、単純にして明快。

紅昌だけでなく、呂布やその妻子を含む関係者全員を処刑することである。

この方策の利点は、一つ目の方策で挙げた『呂布との関係悪化』という欠点を排除したうえで、利点を享受できるという点だろう。

加えて、元々深く考える事を良しとしない涼州勢や幷州勢の面々に「養子だろうがなんだろうが裏切ったら処刑する」という厳格さを見せつけることで、綱紀粛正に繋がるというのもある。

薄情というなかれ。正直な話、董卓陣営としてはこうするのが一番手っ取り早いのだ。大前提として、王允を逆賊とするならば、養女である紅昌も、その養女を娶った呂布も王允の親族と見なされてしまうことを忘れてはいけない。

そして呂布が逆賊の関係者である以上、その処罰は九族滅殺が一般常識となっているこの時代に於いて、呂布を生かすことは非常に面倒な事案を齎すことになる。

具体的にいえば、呂布の養父である董卓もまた王允の九族に含まれる。ということだ。

董卓としては、丁原との約束があったとはいえ自分が決めたことなのだから、呂布が何かをしたせいで問題が発生した場合、その火消を行う為の労力を惜しむつもりはない。だがその呂布が側室として娶った女の存在が原因で自分が逆賊扱いされてしまうのは困る。

この場合董卓が心配するのは、自分のことではない。弘農にいる最愛の存在。そう、孫娘である董白の立場だ。

簡単に殺されるとは思わない。人質は生かしてこそ意味があるというのはある意味では常識だからだ。実際董卓も、見せしめや何かで董白が殺されたりしたならば、怒り狂って弘農へと兵を向けるだろう。しかし、生きているなら話は別。どうしてもその矛先は鈍ってしまう。

加えて、弘農に居る外道の下で『生きている』ということがどれだけの意味を持つというのか。この場合なまじ『生きている』からこそ不幸ということも十分考えられる。

あくまで可能性だが、その可能性があるというだけで董卓は動けない。

まして、生まれた頃から知っている孫娘と最近養子になった呂布を秤にかけた場合、秤の針は比べるまでもなく孫娘に傾くのは当然の話。

なればこそ、董卓は自身が逆賊とならぬよう、即座に呂布を離縁して紅昌もろとも殺すことを選択肢として考慮しているのだ。

欠点としては、呂布に逃げられた場合不倶戴天の敵を生み出すことになるということだろうか。

ただしそのことに対しては、あまり不安視されてはいない。

さしもの呂布とて睡眠も食事もしないまま数千の兵に追撃されて生きていける道理はないし、何より地形的な事情もある。

もし呂布が逃げ出したとしても、呂布が土地勘を持つ并州へと辿りつくためには外道が要塞化している弘農郡や河東郡を突破しなくてはならないのだから。

ただでさえ地の利がないというのに、追撃を行うのは董卓陣営が誇る騎兵だけではない。彼を知る大半の諸侯から恐れられている謀才の持ち主まで加わるのだ。

到底呂布に助かる道などあるとは思えない。

よって『確実に呂布を殺せるのであれば、この呂布を含む関係者全員を処刑という方策に欠点はない』ということになる。

なればこそ、それを採用しないはずがないではないか。

結論として、董卓陣営の考える対処法の中に呂布やその家族が全員救われるという選択肢は存在していない。当然董卓の代理人として長安に入って居た李粛にもその旨は伝えられている。

（事実を伝えた結果「どうせ殺されるなら！」と暴発されても困るわな。だからと言って今の状況じゃこいつを確殺できねぇ。それになんだかんだ言っても古い付き合いだし、死なれるのも寝覚めが悪りぃ。……そんなら俺がすべきことは、こいつを王允の下から離れさせつつ大将にも逆らわねぇ状況を作ること、か？　めんどくせぇなぁ）

呂布の親友にして現時点で董卓陣営において一番仕事をしている男にして、演義に於いて丁原と呂布との離間策を成功させただけでなく、その智謀で以て孫堅（そんけん）すら撃退したとされる男、李粛。

その智謀が導き出した答えは単純にして明解。

「とりあえず」

「とりあえず？」

「お前さんは逃げろ」

「……は？」

高い知性と義理と人情と打算が混ぜ合わさったことによって導き出された答え。

それは三十六計が一。『逃げる』であったという。

——弘農で策を練る腹黒でさえ思いつかなかった打開策を提示した李粛と、それを提示された呂布。今この時、二人は間違いなく腹黒の掌中から一歩踏み出すことに成功していた。

四

「逃げる？」

「そうだ」

「何故？」

「それが一番確実だからだよ」

「確実？」

前に進むことも後ろに退くこともできないけどどうしよう？　という呂布の問いに対して、李粛は全てを投げ出して横道に飛び込めばいいじゃない。と、常識に囚われない発想を披露する。その聡明な頭脳で、親友である呂布の相談に応じつつ、主である董卓の意に反しないような解決策を導き出した李粛は、呂布を興奮させないよう、努めて当たり前のような態度で言葉を重ねる。

「考えてもみろ。今のお前さんじゃ大将に敵対したってどう転んでも勝てねぇだろ？」

「……あぁ」

呂布とて自分がそれなりの武将であることは自覚している。だが、さすがの呂布でも、精強極まりない董卓軍と正面から戦って勝てるとは思ってはいない。

そもそも呂布が率いている幷州勢は董卓からの預かり物なのだ。もし何の大義も名分もなく『董卓と袂を分かつ』などと言って董卓と敵対してしまえば、後ろから矢を射たれることになることは明白。

前も敵、後ろも敵。そんな状況で勝てるほど戦というものは甘くはないのだ。

「で、負けたら王允ごとお前さんやお前さんの妻子も大将に殺されることになるだろ？」

「……そうだな」

戦に負けた後はどうなるか？　想像するまでもない。

殺されるか、殺されるより恐ろしい目に遭わされるだけ。

それも自分だけでなく、妻子まで、だ。

（万が一俺が董卓に勝つ可能性があるとすれば、騙し討ちからの暗殺くらいか？）

元々董卓という人間は簡単に暗殺できるような人間ではない。その上、最近は方々から暗殺の可能性を示唆されていることもあって、その警戒心は極めて強く、ただでさえ高い難易度がさらに上がってしまっている。

（機会を挙げるとすれば、なにかしらの勅命を帯びて宮城に参内したときくらいだろう。だが……）

武器を持てず兵も同伴できない宮中ならばなんとかなる可能性はあると思う。しかし、当然のことながら今の呂布にはその手は使えない。というか、呂布としてはそこまでして董卓を殺したいわけではない。

彼はあくまで自分と妻子の命を助けたいだけなのだ。

そうである以上、負けるとわかっていながら董卓と敵対することはできない。

「だからといって、馬鹿正直に王允と表立って敵対することを選べば人質となっている妻子がやばいってんだろ？」

「……あぁ」

董卓と敵対しないと言うのならば王允を討つしかないのだが、王允の手元には妻子という人質がいる。

（あの妄執に囚われた王允のことだ。俺が奴に逆らったと判断したら、容赦なく人質を殺すはず。いや、生かして苦痛を与え続けるだろう）

怒り狂った呂布がどう動くかを考えれば、王允も人質である彼の妻子を殺すような真似は控えるかもしれない。だが、殺さずとも苦痛や屈辱を与えることは可能である。そしてそれは弘農にいる外道の専売特許ではない。というか、むしろ権力に囚われた老害の常套手段ともいえる手なのだ。

（王允め！　必ず後悔させてやるぞ！）

――自分も妻子も生き延びる。

当たり前の欲求であるが、その当たり前のことすら不可能な状況に追い込まれたことを再認識した呂布は、血が滲（にじ）むほどの強さで奥歯を噛み締めながら、長安にいる老害へと殺意を飛ばす。

「落ち着く……ってのも無理かもしれんけど、とりあえず俺の話は聞いておけ」

だが、李粛の考えは違う。彼のその明晰な頭脳は、呂布が不可能と考え、諦めていたことが実現可能だと判断していた。

「いいか？　大将がお前さんやお前さんの妻や娘を殺す場合ってのは、お前さんが大将に矛を向けた場合だ」

「……あぁ」

明確に謀反を起こした者ならば養子だろうがなんだろうが殺されて当然のことだ。しかし逆にいえば、それをしない限りは殺されないということでもある。

本来董卓はそこまで甘い人間ではないのだが、今回に関しては元から事情を理解していることもあるのだから、酌量の余地はあると李粛は考えていたし、董卓としても明確に反抗しない限りは呂布を討つつもりはなかった。

まぁ、騒動の大元である紅昌は殺されることが確定しているが、それくらいだろう。

「で、王允がお前さんの妻や娘を殺す、もしくは危害を加える場合ってのは、お前さんが死ぬか表立って王允の命令に背いた場合になる」

「そうだろうな」

見せしめという意味もあるだろうが、それ以上に名誉欲に溺れた老害による感情の発露という形になるだろう。

（老人の妄執に巻き込まれてしまった妻や娘がどうなるか）

考えるだけで呂布の全身から周囲を圧迫するかのような殺意がこみ上げてくる。

「だから落ち着け。そうならねぇように逃げるんだからよ」

「……そうだったな。すまん」

これまでの李粛の言葉はあくまで現状の確認でしかないことを思い出した呂布は、李粛が述べた言葉の真意を聞くべく、自身を落ち着かせる。

そんな呂布を見て「下手に引っ張ると暴発する」と判断した李粛は、さっさと結論を伝えることにした。

「つまるところ王允は、お前さんが生きていて、かつ野郎の味方になる可能性がある限り人質には手は出さない。っていうか手を出せないいってことになるわけだ」

「む？」

「で、大将もお前さんが忠実な部下になる可能性があるってんなら、明確に自分に逆らわねぇ限りはお前さんを殺さねぇ」

「……そうなのか？」

「まぁな」

古今東西を問わず敵前逃亡者に与える刑罰とは、死刑一択である。それはある意味で一般常識ではあるのだが、今回の場合は少しばかり状況が違うと李粛は言う。

「そもそもお前さんが逃げる『敵』は、漢の軍権を握る大将軍・董卓その人だぞ？　つまり今回に限り、お前さんの逃避行動は敵前逃亡という扱いではなく、司徒・王允が主導する謀反への不参加表明って解釈できるだろ？」

「あぁ。そうなる……のか？」

「なるんだよ」

解釈のしようによりけりではあるが、決して無理筋ではない。

「で、今のお前さんの立場ってのは『王允を通じて勅を受けたが、養父である大将を裏切ることはできない。かといって勅に逆らうわけにもいかない』って葛藤している感じだな」

「いや、勅については……「細けぇことは気にすんな」……む？」

勅が偽物だとわかっているんじゃないか？

そう伝えようとする呂布だが、李粛は一切取り合わずに話を進める。

「で、動きが取れなくなったお前さんは、親友である俺に相談した」

「……まぁ。そうだな」

そこは事実なので、異論は挟まない。

「で、親友から相談を受けた俺は、即座にその勅を偽物と判断する」

「ふむ？」

実際、今の王允は弘農にいる劉弁から勅を受ける立場にない。よって李粛の判断を『現場で勝手に決めるな！』と咎める者は王允以外にいない。

「で、勅を偽物と判断した俺は、お前さんの家族の安全よりも大将の安全を優先して、お前さんに預けていた幷州勢の軍権を取り戻すことを決意する。ようするにお前さんを罷免するわけだ」

「ほほう」

なんとなく李粛が伝えようとしている内容を理解しつつある呂布は、先程まで見せていた怒りや焦りを収めつつ先を促すと、李粛はそんな呂布の反応を見て満足げに頷いて言葉を紡ぐ。

「で、俺は罷免したお前さんが変なことをしないよう身柄を拘束しようとするも、お前さんは抵抗して逃げ出してしまうって寸法だな」

「なるほど」

「この場合、王允からすればお前さんは、并州勢の抱え込みに失敗したものの、大将から敵と認定された武将ってことになる。あとは……わかるな？」

「あぁ」

呂布が王允に反抗したのではない。あくまで策が露呈してしまい失敗してしまったのだ。同時に、呂布がその軍権を奪われるということは、王允が呂布に託した『秘策』が董卓陣営に露呈したということでもある。

当然王允としては「使えない！」と騒ぎたてるだろう。

だが、彼にできるのはそれだけだ。

なにせ策が露呈した以上、今は涼州で羌族らと向き合っている董卓もすぐに取って返してくることは明白であり。その先にあるのは、董卓と王允による戦であるということもまた明白なのだから。

では、遠くない未来に戦があるとわかっているこの状況で、ただでさえ軍部に伝手のない王允が呂布という武人を手放すだろうか？　彼を知る大半の人間が「その可能性は非常に低い」と答えるだろう。

さらにいえば、董卓の下に戻れない呂布が生き延びるためには王允に従うしかないのだ。なればこそ、王允としても黙っていれば自分に従うことになる呂布の妻子に手を出す確率は極めて低くなる。

「わかったか？　下手に動かれると逆に王允の行動が読めなくなる可能性がある。だからこそお前さんには確実に王允を騙すために動いてもらいたい」

「うむ」

「重要なのはお前さんが生きていること。そしてお前さんが王允の味方になる可能性が極めて高いと向こうに思わせることだ」

「なるほど。そのために俺はお前から『逃げる』のだな？」

「そうだ」

呂布が死亡、もしくは生死不明の状態となってしまえば、呂布の妻子は王允の癇癪によって殺される可能性もある。しかし呂布が生きていることがわかっていれば、話は別。王允はどのような手を使ってでも呂布を手元に引き寄せようとするはずだ。

そういう意味では長安にいる妻や娘は今と変わらず人質として機能しているといえるのだが、同時にその身の安全は保障されているといっても良いだろう。

（董卓殿が本気で追撃をしてこないというのであれば、逃亡や潜伏することも容易、とまではいわないが不可能ではない。あとは時間を稼ぎつつ自分たちの手で妻子の安全を確保すれば、王允が用意した俺を縛る鎖はなくなる。……紅昌には悪いが、これ以上王允に纏わりつかれるのは御免だ）

側室である紅昌を切り捨てる決意をした呂布は、己が考えついた最後の懸念を口にする。

「残る問題は董卓と王允の戦いが長引く、もしくは何らかの事情で我慢の限界を迎えた王允が暴走した場合だが、それに対して何か考えはあるのか？」

そう。呂布の脳裏に残った懸念とは、感情のままに動く老害が勢いに任せて八つ当たり気味に人質となっている自分の妻子に手を出す。という、王允の人品を一切信用していない内容のものであった。

その懸念を耳にした李粛は李粛で「さすがにそんなことはしねぇだろうよ」と王允を庇う……どころか（その可能性は否定できねぇ。というか、かなりの高確率でありそうだ）と呂布の心中に理解を示しつつ、呂布の懸念を払拭する決定的な一言を口にする。

「可能性は皆無とは断言できねぇけどよぉ。ほとんどねぇよ」

「なぜそう言い切れる？」

「おいおい、呆（ほう）けたか？　それとも考えすぎて熱でも出たか？」

「なにっ!?」

家族を心配して何が悪い！　そう罵ろうとした呂布だが、本気で自分を心配しているような表情を浮かべる李粛を見て、次いでその口から発せられた言葉を聞いて、自身の憤りを鎮めることになる。

「あのなぁ。大将が動き、王允がお前さんに『秘策』を授けて送り出したってことは、王允やその後ろにいる連中も戻れないところまで動いているってことだぞ？」

「それがどうし……あぁ。そういうことか」

「おうよ。ここまできたら、当然陛下や旦那も動くってことだ」

「なるほど。確かに俺の妻子に手を出す余裕はないな」

前門の狼。後門の外道。

この状況で、王允に呂布の家族に手を出す余裕などあるはずがない。よしんばその余裕があったとしても、それを許すほど甘い相手でもない。

事実、長安を離れようとしていた劉協一行を襲うために雇われた者たちは、行動に移す前に潰されているではないか。実績による信頼とでもいうべきだろうか。

呂布も李粛も、弘農にて手腕を振るう外道に対して、人間としての信用や信頼は一切してはいない。だが策士として考えた場合、その評価は真逆となる。

「よし、逃げよう」

敵を地獄に落としつつ味方を書類地獄へと誘(いざな)う容赦ない男の存在を思い出した呂布は、李粛の献策を受け入れて、姿を隠すことを決意したのであった。


――数日後。

「な、なん……だとっ!?」

長安にいる王允の下に『呂布が逐電したので、呂布に代わって李粛が幷州勢の指揮を執る』という報が届けられることとなった。

これを以て『盤面は自身の手の届かないところにある』と自覚できていたのなら、王允はもっと建設的な手段を取れていたのかもしれない。

しかし、自制も自省もできない老人にそのような自覚ができるはずもなく……。

「くそっ！　くそっ！　くそっ！　えぇい！　大義のなんたるかを。政のなんたるかを知らぬ慮外者どもめがぁ！　一体何のためにあの女をくれてやったと思っているッ！　一体何のためにこれまで取り立ててやったと思っているのだぁッ！」

血管が切れるかというくらいに激昂した王允が取った行動は、養女を嫁がせた呂布や、自分が取り立ててやっていた李粛を罵りつつ、周囲へ当たり散らすことだけだったという。

五

八月上旬　涼州金城周辺

長安にて『董卓からの援軍要請』を受けた王允が、嬉々として呂布ら幷州勢を送り出すための準

備を整えていたときのこと。

　董卓を警戒し、その動きを注視していたが故に、長安よりも早く董卓の動きを摑んでいた馬騰と韓遂は、本陣として構えていた天幕の中で顔を突き合わせていた。

「董卓が出た、か」

「うむ！　今後は予定通り適度な距離を保ちつつ連中を引っ張り回せば、空になった郿を王允の手の者が……」

「あぁ。それは無理だ」

「は？」

「元々今回の策は『我らが董卓を引きつけている間に空になった郿を王允の配下が接収。その報を受けた董卓が兵を返したところを我らが襲う。もしくは郿を落とした軍勢と挟み撃ちにする』という策であったな？」

　ついでに言えば『董卓軍を引っ張り回す中で兵糧を浪費させ、彼らの継戦能力を削ぐ』というのもあるが、それは根拠地である郿を奪った後なら自然と発生する事象なので、わざわざ口にするまでもないだろう。そう判断した馬騰は、敢えてこのことには触れず、あくまで大まかな流れを確認するような感じで韓遂に問いかける。

「う、うむ」

「この策における最大の懸案事項は、董卓が出陣するか否か。王允や王允の後ろにいる劉焉はそう考えていたのだろう。無論お主も、な」

「……」

ここまでは挙兵する前から何度も確認していることだ。よって韓遂としても頷く以外の選択肢はなかった。黙って頷く韓遂を見て、馬騰はさらに言葉を続ける。

「確かに自分たちの策が成就するかどうかは、董卓の動きにかかっていただろう。それは俺も否定しない。だがな」

「だが？」

「お主らのいう『適度な距離を取って董卓を引っ張り回す』というのは……不可能だ」

「不可能だと？　馬騰、まさか貴様。この期に及んで臆したか？」

今更になって董卓の誘引を『不可能』と断じた馬騰にいらだちを覚えた韓遂は、思わず殺気を交えて挑発じみた詰問をする。

通常、単純で気の荒い涼州人ならば、戦の前にこのような挑発じみた真似をされた場合「侮るな！」と声を荒らげ、なにかしらの行動を起こしていただろう。

だが、気の荒い涼州人の一人であるはずの馬騰が取った行動は違った。

「臆した？　なぜ現状でその発想に至るのだ？　お主、大丈夫か？」

韓遂から発せられた殺気を受け流しつつ「なぜお前は当たり前のことを理解していないのだ？」と哀れみを交えた視線を向け、次いで韓遂を心配するような言葉を投げかけたのだ。

「は?」

(王允や劉焉が気付かぬのは、まぁ良いだろう。だが何故此奴が気付かんのか)

挑発した自分に対して返されたのは、怒りではなく哀れみと心配だった。そんな予想だにしなかった応対をされて頭の中が真っ白になってしまった韓遂を見遣りつつ、馬騰は粛々と今回王允らが立てた策の矛盾点を指摘する。

「そもそもの話だが、お主。出陣してきた董卓から距離を取ることを、羌や胡の連中に伝えていたか?」

「……あっ!」

ここまで言われれば韓遂にも馬騰が言いたいことが理解できた。

大前提として、馬騰も韓遂も四万程度の軍勢で董卓率いる軍勢に勝てるとは思っていない。よって董卓を打倒するには郿を落とした軍勢と協力する必要がある。

その為には王允らが考案した策を成就させなければならない。

よって韓遂らは董卓を郿から出陣させ、尚且つ郿から距離を取らせる必要があった。

ここまでは良い。実現できた。だが、問題はこれからだ。

「理解したか? 我々は、戦えば負けるのだから、董卓の手が届く範囲にいることはできない。かといって董卓が我らの動きに不自然さを感じて引き返しても駄目。董卓の軍勢と一定の距離を取り続ける必要がある」

「……だがそのような繊細な行動を取れるほど、連中は理知的ではない」

「そうだな。付け加えるなら、今回ここに集った連中はどういう連中だったかを思い出せばわかるだろうに」

「……董卓の怖さを知らない若造。もしくは董卓の怖さを知ってはいるものの、それよりも強い恨みを抱えているが故に参陣をした連中だ」

「そうだな。で、そんな連中が一時的にとはいえ董卓に背を向けるような真似ができると思うか？」

「……思わぬ」

「それが答えだ」

「……くっ」

　韓遂が言ったように、今回この乱に参陣した連中は、王允と劉焉が提示した恩賞に釣られて参加した連中と、先年に引き起こされた辺章（へんしょう）・韓遂の乱に参加したものの、董卓らによって完膚なきまでに叩き潰された連中の残滓である。

　加えて彼らにとって馬騰や韓遂というのは、檀石槐（たんせきかい）のような強大な指導者という扱いではない。各氏族の利害調整役であり、漢との交渉を行う際の窓口担当に過ぎないのだ。

　そうである以上、基本的に氏族単位で勝手気ままに動く連中が、目の前にぶら下げられた餌や恨みの対象を前にして冷静に動けるはずがない。

「で、だ。董卓が動いたことを知った今、もしも『一時的に退く』などと告げようものなら、どうなると思う？」

「……それこそ『臆したか！』と詰め寄られて殺されるだろう」

「そうなるだろうな」

羌や胡の名誉のためにいえば、決して彼らが短絡的思考をこじらせているわけではない。なにせこの時代正規軍である官軍を率いる将軍でさえ矜持を理由に『戦略的撤退』を受け入れないことも往々にしてよくあることなのだ。

ただし官軍の場合は、将軍が作戦失敗の責任を負わされることを嫌っているが故、ともいえるが、それはそれ。

漢帝国以上に矜持や武威によって支えられている氏族社会を生きる騎馬民族の連中が、標的を前にして一時的な撤退を受け入れるはずがない。

故に、馬騰からすれば今回の乱は最初から失敗が確約されていたといっても良い。

それでも馬騰がこの乱に参加した理由は大別すれば二つあった。

一つ目は、漢の腐敗具合を憂えたためである。

基本的に涼州を出ることがない馬騰だが、それでも洛陽や長安の噂は耳に入れるようにしている。そうして得た情報を精査すれば、なるほど。今の漢は腐りきっているといえたし、改善策として韓遂が訴えるように『漢には敵が必要なのだ』という理屈も納得せざるを得ないところは確かにあった。

二つ目は、一つ目も絡むことだが『漢にとっての仇敵である羌や胡を弱体化させるための策として考えれば、今回の策は決して悪いものではない』と考えたことだ。

漢という大国を一致団結させるための敵としてみれば、北方騎馬民族の存在は適役といえるだろう。その上で辺章・韓遂の乱で弱体化した羌の生き残りや、漢に逆らう気概を持つ連中を一箇所に集め、それを駆逐する。

こうすることで騎馬民族たちの牙を折り西と北を安定させることができる。そう考えたのであれば、韓遂も王允も、彼らの後ろにいる劉焉も漢にとっての忠臣といえるだろう。

（そう思ったのだが、な）

だがそれも一昔前の話。

現在は袁紹による宦官の殲滅や、董卓による名家の殲滅。さらには反董卓連合を名乗った賊どもが可視化できるようになったことで、漢帝国の内部に巣食っていた虫は、退治が不可能な身中の虫ではなくなっている。

（ならば漢に忠義を誓う俺がすべきことは何か？　少なくとも今の段階で韓遂が興した乱に乗じることではない。俺がすべきは羌や胡が乱を興さぬよう抑えること。そうして董卓が国賊と化した袁紹らを討つための時間をつくることだったのだ）

後悔の念に囚われる馬騰であったが、実際のところ劉弁も董卓も馬騰を責める気はなかった。それは馬騰が信じた噂話を否定せず、それどころか積極的に噂が広まるよう吹聴して回ったのが彼らだからだ。

結果をみれば、垂れ流された悪評を信じた馬騰が蜂起してくれたおかげで、行方がわからなくなっていた韓遂や、漢に敵意を抱いている羌・胡の連中。さらにそれらを操ろうとする王允や、王允を操る劉焉という身中の虫の存在が表面化したのだ。

それを考えれば、馬騰は釣り餌として最良の成果を挙げたといえる。

故に董卓陣営とすれば馬騰に同情する気持ちはあっても責める気持ちはない。……ただし、それはあくまで裏事情を把握している面々だからこそいえる台詞である。

(此度の不忠。すでに陛下や董卓殿からの許しは得た。だが……)

周囲から被害者と認識されている馬騰だが、本人からすれば今の自分は『己が不明が故に漢に刃を向けた不忠者』でしかない。

旧知の仲である韓遂に乗せられた？

否。

司徒である王允に乗せられた？

否。

宗室である劉焉に乗せられた？

否。

そのどれもが他人を納得させる理由にはなるだろう。

（だが所詮は己の不明を隠す言い訳に過ぎん）

確かに全てを他人のせいにすれば楽だろう。「自分は被害者だ！」と叫んで被害者ヅラすれば楽だろう。しかし、その先にあるのは『簡単に騙される阿呆』という、名誉も何もない存在となった愚かな男だけ。

（認められるかっ！）

今の馬騰は、どこぞの司空のように「何があっても生きていればいい」と受け入れるほど老成もしていなければ、今や皇帝となった少年のように自分の策を成すために『阿呆』という世評を大人しく受け入れることができるほど達観もしていない。

（かかる汚名を返上し、失った名誉を挽回する。その為に今の俺ができることはただ一つ）

今更ながらに自分たちの策が最初から破綻していたことを理解して頭を抱える韓遂に冷たい目を向けつつ、馬騰は一人、己の矜持がために全てを擲つ覚悟を決めるのであった。

六

八月下旬

涼州金城郡金城県近郊にて、羌族と胡族及び韓遂と馬騰に従う一部涼州軍閥によって構成された連合軍と、董卓率いる官軍がぶつかった。

このとき董卓率いる官軍が約三万前後だったのに対し、連合軍側の兵は約四万ほどであった。

基本的な話だが、野戦に於いて一万の差はとても大きいものだ。

それが双方の兵種が同じ兵種であり、指揮官から兵卒に至るまで策を弄することを厭(いと)うような軍勢である場合、兵数の差が勝敗に与える影響が極めて大きなものとなることは今更言うまでもないことだろう。

同じ兵種、同じ戦法の軍勢がぶつかれば兵数が多い方が勝つ。

兵法上の常識である。

それだけではない。今回の戦闘に先立ち連合軍側を支援していた王允らは、紆余曲折を経て董卓の養子である呂布を懐柔することで、彼が預かっていた并州勢を用いて董卓の後背を脅かす計画を立て、実行していた。

前門の虎、後門の狼。

前後に不安を抱える董卓に勝ち目はない。

王允らはそう考えていた。

しかしながら、現実は非情である。

「ひぃぃぃ！」

「た、助け……たわっ！」

「なんで、なんでこんなぁぁ……べしっ！」

それは蹂躙(じゅうりん)だった。

逃げ惑う騎兵たち。そのほとんどは年若く、兵士としてみても未熟極まりない少年たちであった。

「ひゃっはー！」

「殺せ殺せ！」

「降伏は認めねぇ！」

「馬鹿は賊滅だぁ！」

「一人も逃がすな！」

「馬？　食糧？　後にしろ！」

「止(とど)めも後でいい、まずは逃げるやつらを優先して殺せ！」

それは蹂躙だった。

年のころは青年から中年といった面々が多く、逃げ惑う少年たちを一方的に追い込んで討ち取っていく様は、誰がどう見ても歴戦の兵であった。

ちなみに、逃げまどう若者を一方的に追い立てていることや、追い立てている側の年齢と面構え。さらには物騒な口調から後者の方が犯罪者のような印象を受けるが、漢の法に照らし合わせた場合、正義を執行しているのが後者の蹂躙している側であり、追われている少年たちこそが罪人であることを彼らの名誉のために明記しておく。

そんな、正義の味方がいたら間違いなく悪党と誤解されて一方的に粛清されそうな悪人面の兵士たちとそれを率いる悪人面した指揮官についてはさておくとして。

「……やはりこうなったか」

「くそっ！」

名義上連合軍の指揮官となっている馬騰や韓遂の眼前で行われているのは、連合軍と官軍の戦などではなく、圧倒的に不利な状況に置かれていたはずの董卓軍による一方的な蹂躙であった。

もし王允や劉焉がこの場にいたならば、漢の宿敵であるはずの騎馬民族たちが一方的に蹂躙されるのを見て「これはどういうことだぁ！」と意味もなく騒ぎ立てていただろう。だが、最初から『羌族や胡族が董卓と正面から戦えば必ず敗ける。それこそ倍の兵がいない限りは勝負にすらならない。一方的に蹴散らされることになるだろう。故に、一万程度勝(まさ)っていたところで勝負になるはずがない』と考えていた馬騰に焦りはなかった。

「で、これからどうするつもりだ？」

ぶつかれば必ず敗ける相手とぶつかった結果、順当に負けた。今回の件はただそれだけのこと。

それがわかっているからこそ、馬騰の興味は目の前で行われている一方的な蹂躙ではなく、追い詰められた韓遂がこれからどうするのか？　という点にあった。

言語化するのであれば「この結果はこうなる前から予想できていた。ならば次善の策くらい用意してあるのだろう？」といったところだろうか。

（その内容次第では董卓に使者を立てる必要があるからな）

そう考えて韓遂から情報を引き出そうとした馬騰だが、彼の思いは杞憂に終わる。

「……くそ！　呂布さえ。呂布さえ計画通りに動いておればっ！　王允め、なにが確実な策だ！　これを見ても同じことが言えるのか！」

策があるならさっさと実行に移せ。間に合わなくなるぞ？

言外にそう告げられたことは理解していながらも、韓遂がなんらかの策を実行に移すことはなかった。

それどころかただただ恨み言を呟くことしかできなくなっていた。

それが意味するところは一つだけ。

（対処なし、か。策を主導した劉焉や王允と繋がりがあるという一点を以て韓遂に任せていた――もっと言えば政治的なあれこれに関わりたくなかったため、あえて距離を置いていた――俺にも非があることは認める。認めるが、もう少しなんとかならなかったのか？　いや、俺が言えた義理ではないのだが、いくらなんでも酷すぎるだろう。そのおかげで命拾いしたと考えれば悪いことではないのだが……）

起死回生の策はない。呻(うめ)くことしかできない韓遂の様子からそのことを理解した馬騰は、自分を含めた関係者全員の浅はかさを再確認するとともに、本格的にぶつかり合う前から董卓に降ることを選んだ自分の決断が間違っていなかったことを確信したのであった。

七

大前提として、韓遂や馬騰が『少しくらい兵が多い程度で董卓に勝てるわけがない』と確信していたのにはいくつかの理由がある。

それは、これまで董卓が挙げてきた数百回とも言われる騎馬民族との戦に勝利してきたという実績や、それに裏付けされたいくつかの要因を正しく理解していたからだ。

馬騰らが考える要因の一つ目は、董卓が率いているのが〝軍勢〟と呼ばれる戦闘集団であるのに対し、連合軍はいくつかの氏族が集まった文字通りの〝集団〟でしかないということである。

両者の違いをわかりやすく言えば、前者が戦術目的を達成するために指揮官の指揮に従って動くことができる集団なのに対し、後者は一つ一つの氏族が部隊を形成しているが故に全体を纏める指揮官を置くことができない。つまり一つの目的を果たすために動くことができない集団であることが挙げられるだろう。

元々騎馬民族とは、基本的に己が所属する氏族の利益を優先するが故に、勝っているときはより多くの物資を略奪するために他の氏族と争うし、負けているときは他の氏族を犠牲にしてでも逃げる。それを当たり前のことだと考えている集団である。

だからこそ軍隊である前者では当たり前にできること――具体的には部隊間の連動――が騎馬民族にはできない。

彼ら騎馬民族にとって他の氏族は味方ではなく、潜在的な敵でしかないのだ。

よって目の前で複数の部隊によって攻撃を受けている他の氏族を目の当たりにした場合、彼らは積極的にそれを救うような真似はしない。

むしろ『官軍に守られた土地から略奪をするよりも、官軍にやられて弱体化した氏族から略奪したほうがいい』と判断して、官軍と戦っている氏族がどこの氏族なのかを確認したうえで、弱体化した氏族を襲うためにいち早く草原へと帰ることを選ぶ。

もちろん同じ氏族同士であれば部隊間で連動して動くこともできるし、仲の良い氏族であれば不利にならない限りは動きを合わせることも可能だろう。

しかしそれで連携できるのは、よくて三部隊か四部隊程度。数で言えば三千から五千人程度が限界だし、なにより彼らが連携するのは、あくまで『そうすることで自分たちの氏族に利益がある』と判断した場合に限るので、間違っても他の氏族のために命を張るような真似はしないし、官軍とぶつかって苦戦している味方を見ても、それを救おうとしない。

たとえ後方で全体を見ている馬騰や韓遂が『あの部隊を救援しろ！　あの部隊が敗ければ全軍が敗けるぞ！』と檄（げき）を飛ばしたところでそれは同じ。彼らは悪びれもせずに「他の氏族のことなんざ知らん。むしろアイツらがやられているうちに攻撃すれば勝てるではないか！」と勝手気ままに突撃を敢行する。そういう連中である。

結果として戦場では【董卓率いる三万の官軍　対　二、三千程度の群れ×一五前後】という、集団戦を熟知している者であれば思わず目を覆いたくなるような歪（いびつ）な状況ができあがってしまう。

この状況で両者がぶつかれば、当然前者が勝つ。

実に当たり前の話である。

それだけではない。もし騎馬民族が抱える問題が氏族間の問題だけならば、一〇万とも二〇万とも謳われる騎馬民族が董卓率いる官軍に一方的に負けることはなかっただろう。

彼らが大軍を擁しても董卓に勝てない最大の理由、それは装備と馬に対する価値観の違いと、そこから生じる相性の問題だ。

装備に関しては簡単だ。地理的な事情から鉄も銅も、なんなら木材すら用意することが難しい騎馬民族と、それらを潤沢……とまでは言わないが普通に用意できる官軍。両者の間には、攻撃力にも防御力にも大きな差が生じているのは誰もが知る事実である。

これにより官軍と騎馬民族が正面からぶつかった場合、騎馬民族側に一方的な損害が生じることとなっている。

次いで、馬に対する価値観の違いと相性の問題についてだが、これもそんなに難しい話ではない。基本的に董卓ら官軍にとって馬とは【維持に金はかかるが、戦闘に必要な戦略物資にして貴重品】である。

もちろん自分が乗る馬に対して愛着はあるし、むやみやたらと傷をつけようとも思わないが、優先するのはあくまで自分。よって彼らはいざというときに馬が損傷することを厭うことはない。

対して騎馬民族にとって馬とは【家の財産にして人生を共にする終生の友】である。

自分の傷は癒えるが、馬の傷は癒えない。自分が死んでも馬さえ生きていれば家族は生きていける。

こういった考えが根底にあるので、彼らの中にはいざというときに自分の身を挺してでも馬を護ろうとする者がいる。その反面、それを愚かと笑うような者はいない。むしろ称賛する者の方が多いだろう。

騎馬民族にとって馬とはそれほど貴重で大切なものなのだ。

この両者の馬に対する価値観の違いは、戦闘に於ける運用方法に如実な形となって現れる。

即ち、距離をとって騎射を行おうとする騎馬民族と、ときに距離はそのままで騎射による射撃、ときに突撃によって距離を詰めて戦う官軍――涼州や幽州の精鋭は騎射もできる――の違いである。

相手が機動力のない歩兵であれば前者が圧倒できる。それは確かだ。

しかし同じ機動力を持つ騎兵同士の戦となれば話は変わる。

馬の扱いに関してだけを見れば、騎馬民族である前者の方が扱いには長けているのだが、その差はほんの僅かでしかなく、一方的に覆せるような差ではない。

故に、両者の戦いは以下のような形となる。

馬が傷付くことを恐れて距離を取ろうとする騎馬民族に対し、一心不乱に突っ込む官軍。

騎射しかできない騎馬民族と、騎射と近接戦闘を使い分けることができる官軍。

自分の氏族が損耗することを恐れて及び腰になる騎馬民族に対し、近付けば一方的に攻撃できることを知っている官軍。

距離を取ろうとするあまり陣形も連携もなにもなくなった騎馬民族に対し、一定の秩序を維持しながら突撃を敢行する官軍。

鏃（やじり）すら満足に用意できない騎馬民族に対し、木の盾や鎧。さらには鉄の剣や青龍刀を持つ官軍。

両者がぶつかった際に勝つのはどちらか？　など聞くまでもないだろう。

そう、距離を詰めることに成功した時点で官軍が勝つのである。

それこそ多少の兵力差など簡単に覆して、だ。

事実、董卓はこの戦法で以て幾度となく騎馬民族を打ち破っているし、近年でも公孫瓚（こうそんさん）が僅か三千の兵によって一〇万を超えると嘯いていた匈奴（きょうど）と烏丸（うがん）の連合軍を打ち破るという実績を挙げている。

とはいえ〝騎兵による突撃を敢行すれば騎馬民族に勝てる〟というわけではない。

なぜなら騎馬民族相手に一方的に勝利するためには、最低でも全体の陣容を観察して、それぞれの氏族の間にある距離感や、それが生む陣営のほころびを見極める眼が必要だし、突撃した部隊が包囲されないよう他の部隊に対して牽制を入れたり、突撃を行う角度を調整することによって陣形が乱れた騎馬民族同士がぶつかるよう調整できる戦術的な手腕に加え、戦闘の最中に生じる大小様々な問題に対応できる能力や、指揮官の指示を忠実に実行する部下などが必要となるからだ。

故に韓遂も馬騰も、並の相手であれば戦う前から『勝てない』などとは口にしない。むしろ『少しくらい相性が悪い程度であれば、自分の手で覆して見せるわ！』と嘯く程度の将器は備えている。

しかしながら、今回は相手が悪い。否、悪すぎた。

相手は、騎馬民族を相手にするのに必要とされるものの全てを余りある程に備えている漢にして、二〇万を号する連合を相手にして勝利を収めた漢、董卓。

彼の漢と彼が率いる軍勢を前にして、たかだか四万程度の兵を集めたくらいで『勝てる』と断言できるほど、韓遂も馬騰も愚かではなかった。

勝てないものには勝てない。ただそれだけの話である。

そして今、戦う前から彼らが〝戦ったらこうなるだろう〟と確信していたように、羌族と胡族の連合軍は一方的に揺り潰されていた。

その様子はまさしく鎧袖一触。

すでにこの場は、董卓軍による狩場と化していた。

（さて、そろそろ動くか）

「どうする。董卓に降るか？　しかし今更降伏を認めるほど奴は甘い人間ではない。ならばどうする？　逃げるか？　うむ。そうだ。逃げるしかない。情勢が落ち着いていない今、奴とて長い間長安から離れることはできんはず。元々撤退の下準備は済ませている。ならば今すぐにここを離れれば……」

「韓遂」

「なんだ馬騰。今は時間が……「貴様はここで終わりだ」……ぐっ！」

突如として韓遂の腹に刺さる剣。

その持ち手はもちろん馬騰である。

「油断したな韓遂」

いかに馬騰が経験豊富な将であっても韓遂ほどの人物を討ち取るのは難しい。

それも戦場で、纏っている鎧の隙間に剣を刺すなど通常であれば不可能と断言できるほどの難事である。

しかし、標的である韓遂が隣に立つ自分を一切疑っていない、かつ深く考え込んでいる状況であれば話は別。この状況であれば、馬騰ほどの武人が刺せない道理はない。

また、元々〝戦えば負ける〟と考えていたからこそ、韓遂は逃げるための準備を怠っていなかったことも馬騰が今回ことに及んだ理由でもある。

韓遂がしていた撤退の準備について具体的にいえば、撤退経路の構築や、撤退した先にいくばくかの食糧や飼葉などを保管していること。さらにはいくつかの氏族に対して自分の部下を向かわせていたことが挙げられる。

韓遂に派遣された部下たちの主な目的は、負けが濃厚になった際に他の氏族よりも素早く、かつ一定の数と士気を保ったまま撤退させることであった。その後は生き残った者たちに恩を売って、韓遂が彼らの纏め役となることを認めさせることまで考えていたらしい。

当然、それらを成す為には、混乱する戦場で騎馬民族にいうことを聞かせることができる武力（彼らは武力を持たない人間の指示には従わない）と、騎馬民族を率いて董卓軍の追撃を捌(さば)ける指揮能力が必要となる。

そんなモノを兼ね備えている人物など如何に荒くれ者が多い涼州とてそうそういない。

韓遂の部下でいえば、側近の閻行(えんこう)や成公英他数人くらいだろう。

普段はその側近たちで近辺を固めている韓遂も、今回ばかりは惜しげもなく彼らをそれぞれの氏族の下へ派遣していた。

この判断が過っていたわけではない。なにせ、自分だけ生き延びることができたとしても、彼らなしに韓遂が再起を図ることなど不可能なのだから。

故に韓遂の過ちは一つ。

それは自分と馬騰の見ているものが同じものだと考えていたことである。

この場から逃げ延びて再起を図ろうとする韓遂に対し、既に韓遂を見限っている馬騰。

その馬騰からすれば、普段から周囲を固めている面倒な側近がおらず、韓遂自身も油断している今こそが絶好の機に他ならない。

そして狙いさだめていた絶好の機を逃すほど馬騰は甘い人間ではなかった。

ここで馬騰が一撃で命を絶てる首を狙わなかったのは、首を狙った際に今わの際に韓遂が宿す武人としての勘が働いて攻撃を回避されたり、なんらかの偶然が重なって攻撃を外したり、攻撃は当たったものの致命傷を負わせることに失敗して逃げられた際のことを考慮して、的が大きい上に抉れば致命傷となる腹部を狙った結果であり、攻撃した際に顔に傷がつかぬよう（下手に傷がついていると偽物の可能性を疑われるため）配慮した結果でもある。

「き、貴様！　裏切ったか！」

「裏切り？　先に裏切ったのは貴様だろうが」

董卓が本当にその暴力で以て政を壟断していたのであれば、たとえ今回の戦が負け戦となろうとも、たとえそのせいで自分が一時的に逆賊の名を被ることになろうとも、馬騰は韓遂を刺すことはなかっただろう。

それどころか董卓の暴虐に対抗するため、今回の戦に参加しなかった羌族たちの説得を率先して行うくらいのことはしたかもしれない。

しかし実際はどうだ？

董卓は長安から距離を置いており、政に口を挟んではいなかった。

実際に政を壟断していたのは、董卓から借り受けた武力を背景にして好き勝手にしていた王允であった。

それだけではない。王允は新帝劉弁を廃し（もしくは傀儡として）劉焉とかいう宗室に実権を与えんとしていたではないか。

これを漢に対する反逆といわず、なんという？

これを自分に対する裏切りといわず、なんという？

「韓遂。貴様は我々を舐めた」

ここ最近韓遂の行動を観察した馬騰が思うに、韓遂の心中にあったのは、若き日に自分が洛陽で味わった屈辱を晴らさんとする私欲と、洛陽で成功した董卓に対する僻（ひが）みであった。

「ば、とぉ……」

「最早（もはや）語ることはない。死ね」

（つまらんものに巻き込みやがって）

ここに至るまで韓遂の心中を見抜けなかった己の不明さを恥じる気持ちは当然ある。

だがそれ以上に、韓遂への怒りがある。

（だがこれで……）

一歩間違えれば、馬家は韓遂らとともに漢を売り払った国賊の一員となるところであった。

しかしこうして馬騰が韓遂を討ち取ったことで、馬家は〝国賊〟から〝漢に従おうとしない羌族や胡族の跳ねっかえりどもや、それらを率いる逆賊韓遂の一味を表舞台に引っ張り出すために協力した忠臣〟と、その評価を反転させることが可能となった。

（あとは生き残り、特に韓遂の側近である閻行と成公英を仕留めればいい）

彼ら二人はそれなりに優秀な人材ではあるものの、それはあくまで韓遂の指揮あってのもの。韓遂が消えた今となっては、馬騰が恐れるような人材ではない。

「龐柔（ほうじゅう）、龐徳（ほうとく）。漢の忠臣としての務めを果たす時が来た」

「「はっ！」」

「誰一人生かして帰すな。閻行は俺がやる。お前たちは成公英を狙え。絶対に逃がすな。もし勝てぬと判断したならば、董卓殿の軍勢が到着するまでの足止めに専念せよ」

「「はっ！」」

「それと、これは絶対ではないのだが……」

「「？」」

「董卓殿曰く『連中はできるだけ水辺に近いところで討ち取った方がいいぞ』とのことだ。何故かはわからんが、そうした方が後々楽になるらしい」

「は、はぁ」

「それは、なんとも」

直接指示を受けた龐柔と龐徳だけでなく、周囲で話を聞いていた者たち全員が（戦をなんだと思っている）と言いたげな表情を浮かべているが、馬騰にそれを咎めるつもりはない。

何故なら馬騰も同じ気持ちを抱いているからだ。

「無論、相手あってのこと。無理に、とは言わん。余裕があれば水辺の近くに追い込むくらいでいい」

（向こうから「絶対にそうしろ」と言われたわけではないからな）

「「はっ！」」

今の馬騰は圧倒的格上の存在である董卓の指示を無視できる立場ではない。さりとてよくわからない指示に従って部下を殺すつもりもない。板挟みのような状態となった馬騰にとって、ここまでが許容できる限界であった。

……この戦の後、馬騰とその一党は知ることとなる。

あの、董卓一党が中央からの指示に大人しく従う理由の一端を。

あの、漢にただならぬ怒りと恨みを抱えているはずの羌族の者たちが今回の乱に参加しなかった……どころか、乱に参加した人間を氏族から追放することに躊躇しなかった理由の一端を。

とある外道が考案し、実行することを命じた世紀末式有機農法の存在と、その悍ましさを。

そして、降将として戦後処理を一任された馬騰とその一党は後悔することになる。

どうして自分たちは言われた通り敵を水辺に追い込まなかったのか、と。

どうして自分たちはこんな恐ろしいことを考える人間と敵対しようと思ったのか、と。

興平元年八月下旬

漢に背いて挙兵した韓遂とその一党及び羌族と胡族の全滅を以て、涼州の意志は統一された。

後に彼らは語る。

漢には逆らうな。　敵対しようとする者、敵対させようとする者が現れたら、おかしなことをする前に殺せ、と。

捕虜にはなるな。捕虜になる前に死ね、と。

有無を言わさぬ勢いとそれを上回る恐怖を交えて紡がれるその言葉は、いみじくも弘農にて李傕（りかく）と郭汜（かくし）が董白に告げた言葉と同じものであった。

四九　長安の政変

一

董卓率いる官軍と韓遂・馬騰が率いる連合軍がぶつかる少し前、八月中旬のこと。

『呂布の失脚。李粛によって幷州勢が掌握された』

幷州勢に紛れ込ませていた配下から伝えられたこの一報は、自前の武力を持たない王允にとって死活問題に直結する一大事であると同時に、自分たちが企てた策が失敗――それも李粛という小物によって――することなど想像もしていなかった彼らの陣営にとって、完全に青天の霹靂(へきれき)ともいえる出来事であった。

そして、策が破れた老人を脅かす雷鳴は一度では終わらない。

長安・司徒府・執務室

「羌の連中が金城から動かぬ、だと？　何故だ!?」

突如として韓遂から送られてきた早馬から齎されたのは彼らが立てた『一定の距離を保ちつつ動き回り董卓を引きずり回す』という策を根底から覆す内容であった。

「詳しくはこちらに」

「さっさと見せろ！」

「……はっ！」

「うむ…………はぁ？」

使者の手前少しでも余裕をもって見せようとしていた王允だったが、その余裕は長くは続かなかった。

「今更かッ！」

王允はそう叫び声を上げながら、読んだ書状を床へと叩きつける。

どう見ても今の王允に漢帝国の重鎮たる司徒としての余裕があるようには見えないが、今回に限っていえば使者として送られてきた者も、王允の側近として傍に仕えている者たちも、彼の態度を諫めようとは思わなかった。

なにせ韓遂が送ってきた書状に書かれていた内容とは、要約すれば『仇敵を前にして一定の距離を置くなどという戦略的行動がとれるほど羌や胡の者たちは理知的ではなかった』というものであったからだ。

「えぇい！　これだから蛮族どもはッ！　それに韓遂も韓遂よ！　連中の気質など最初から分かっていたことだろうが！　何故今までこのようなことに気付かなかったのだ！」

自分も気付かなかったことは完全に棚に上げ、ただひたすらに韓遂に対して怒りを向ける王允の図である。

とはいえ、今回の件に関しては完全に実働部隊である羌族らとの意思疎通を怠ってきた韓遂の落ち度であるため、王允が抱いた怒りを不当な怒りと言い切れないのがせめてもの救いだろうか。

尤も、企画・立案の段階であれ、ただでさえ浅い見識と謀才しか持たぬ王允や、漢の階級制度に染まり切った劉焉が、涼州人であり現場を監督する立場でしかない韓遂から『それは無理だ』と自分たちの策を否定するようなことをいわれた際、素直にその意見を受け入れて策の練り直しをするかどうかはまったく別の話であるが、それはそれである。

ましてや――周囲からの評価はさておくとしても――己のことを『自分は宦官どもや名家の者たちとは違い、人の話を聞くことができる人間である』と認識している王允からすれば、蛮族との繋がりしか取り柄がないにもかかわらず計画の最終段階になってからこのような報告をしてくる韓遂に対し、怒り以外の感情を持ちようがなかった。

（くそっ。くそっ。どいつもこいつも！）

何故司徒たる自分に従わないのか。

何故正当なる漢の支配者に逆らうのか。

もともと相手は漢帝国に弓を弾き続けてきた連中なのだが、今の王允にはそのような事実は関係ない。あるのは自分に従わない愚か者どもをどう罰するか？　という思いだけだ。

（あと一歩というところで何故邪魔をする！）

もともと王允が立てた計画は、董卓を郿から誘い出し、空になった郿を呂布に占拠させ、董卓への補給を断って軍全体を弱らせつつ、韓遂らと挟撃して董卓を滅ぼす。その後は、大将軍という武力の後ろ盾を失った弘農へと兵を進め、策士気取りの若造を討ち、帝を奪還する予定であった。だがその完璧な策は、李粛の裏切りと蛮族を御せなかった韓遂の無能によって水泡に帰した。

しかし、まだ全てが終わったわけではない。

「……で？　当然勝てるのだろうな？」

蛮族の矜持など心底どうでも良いと考えている王允にとって、現時点で最も重要な事柄は『自分の命令に逆らった愚か者どもが、董卓と戦って勝てるか否か』ということだけだ。

なにせ王允が現状で最大の脅威と見做（みな）しているのは、無能な皇帝でもなければ皇帝に隠れて政を壟断しようとしている策士気取りの若造ではない。大将軍として官軍を指揮する権限を持つ董卓の存在なのだから。

そう、王允はこの期に及んでも尚『董卓さえ殺せばすべての帳尻を合わせることができる』と考えていたのである。

（蛮族が勝てればそれはそれで良し。そのまま裏切り者の李粛を滅ぼして郿に蓄えられている資財を奪いつつ、長安で益州から北上してくる劉焉様の軍勢と合流し、弘農に籠る策士気取りを討伐する。その後、策士気取りの傀儡と化している陛下に己の立場と現状を理解させ、劉焉様に帝位を禅譲させれば、今も地方で騒いでいる連中も鎮まろう。もし劉焉様が帝位を継いだ後でも騒ぐようなら、その際は逆賊として討伐すればよい。これで漢は再興する。その最大の功労者は、この儂だッ！）

〜〜〜〜〜〜〜〜〜〜〜〜〜〜〜〜〜〜〜〜〜〜〜〜〜〜〜〜〜〜〜〜〜〜〜〜〜〜

蛮族は皇帝に逆らわないし、諸侯も皇帝には逆らわない。

今も関東で反董卓連合に参画した諸侯が騒いでいるのは、下賤の血を引く劉弁が帝であることに対する反発と、後見人である董卓や策士気取りに対する反発なのだから、董卓とは関係がないうえに成人している劉焉が皇帝となれば彼らの口実は消滅する。

新たな皇帝に逆賊と罵られたくなければおとなしく膝を折るしかない。

同格である三公の楊彪は何もしていない。

自分こそが漢を再興した功臣として史に名を残すのだ！

と、まぁ董卓らが聞けば「は？」と阿呆面を晒すような妄想だが、王允の中ではここまでが既定路線であり、こうなることこそが正しい未来であった。

あるべき姿が実現するまであと一歩のところまで来ているのだ。王允とてその『一歩』を決定付ける絶対条件が『韓遂らが董卓に勝つこと』だということも理解をしている。

だからこそ、というべきだろうか。

（董卓に勝てるのであれば金城だろうと郿だろうと好きな場所で戦うがいい。漢が再興した暁には蛮族連中にもしっかりと己の立場を理解させてやるが、な）

妄想に一区切りをつけある種の開き直りを見せる王允であったが、質問を受けた使者の返答は彼が望むものではなかった。

「……おそらくは勝てないかと」

「なにぃっ!?」

精いっぱい取り繕っていた（と王允本人は思っている）仮面が剥がれる。

「武官が度々命令に違反しても許されているのは、命令に違反した結果その行動が多大な武功を挙げる可能性があり、その武功と相殺することが前提になるからだ！　韓遂はそんなことすら理解し

後顧の憂い？

司隷・京兆尹長安

「うーん。この時期にそんなこと言われてもなぁ」

皇帝劉弁の入京に前後して行われた王允派の大掃除が一段落した十一月中旬のこと。

宮城にて書簡を確認していた劉弁は、弘農にいる母から送られてきた書状を目にして、なんとも言えない表情を浮かべながら独り言ちた。

「おや。なにか問題でも発生しましたか？」

その声を拾うのは、今や自他共に認める皇帝の側近となった司馬懿その人である。

側近という意味では徐庶もそうなのだが、徐庶はその出自や弘農に移った経緯から己を司馬懿の部下と定義付けていることもあって、劉弁の独り言も耳には入れているものの自分から劉弁に声をかけることはない。

これについては、劉弁としてはもう少し親しくしてほしいと思わなくもないのだが、一般的には徐庶の態度が臣下として正しい態度だし、何より『徐庶が陛下に対して馴れ馴れしく接している』などという噂よって、劉弁の親征を耳にした彼女が『皇帝なら皇帝らしく部下に命じなさい』と苦言を呈してくる可能性は確かにあった。

そして、母親から心配されつつ皇帝としての在り方を説かれた劉弁が何とも言えない表情をするのも当然のことと言える。

故に司馬懿は、劉弁が〝どうやって母上を説得しようか〟と悩んでいるのだと考えた。

しかし、それは司馬懿の早合点であった。

「いや、親征するのは止めないけど、今は駄目だって」

「反対されたのは親征そのものではなく時期、ですか？」

「うん」

「それは、なんらかの根拠があってのことなのでしょうか？」

「うーん。あると言えばある、かなぁ」

「……さて」

もしかしたら自分たちが見落としている要因があり、それを察した何太后、否、師が彼女を通じて制止させようとしているのかもしれない。

迂遠と言えば迂遠だが、皇帝として見た場合〝太傅から書状で諫められた〟とするよりは〝自分を心配する母から止められた〟とした方が、周囲の儒家連中を納得させやすいのも確かである。

むしろ子を成す前に親征に赴こうとする方が間違っているといえよう。

とはいえ、子ができるまで親征をしないというのも、逆賊に時を与える愚策だ。

「……どうしよう？」

「……親征は春に予定されているため、これから数か月の時間がありますよね？　それまで頑張ってください」

「えぇぇぇぇぇぇ」

「そも、陛下と唐后様が仲良くすることに問題はありません。陛下もご不満があるわけではないのでしょう？」

「そりゃそうだけどさぁ。でも、今は他にやらないといけないことが沢山あるでしょ？」

「現時点で陛下の後継よりも優先されることはございません。徐庶もそう思いますよね？」

「え!?　は、はい！　そう思います！」

「と、いうことですので、陛下におかれましてはやるべきことをなさってください」

「いや、そう言われても」

「残りの仕事は私が引き受けます。徐庶。直ちに陛下を後宮までお連れしなさい」

「はい！　陛下、行きましょう！」

「え、え？　本気？」

あるまい。そう判断した司馬懿は『自分に言える内容であれば聞きますよ?』とあくまで慮るような態度で接することにしたのである。

そんな、父である司馬坊や兄である司馬朗が聞けば『あの仲達にそんな気遣いができたのか』と驚くかもしれない司馬懿の気遣いは間違っていなかった。

「まぁ、問題っていえば問題なのかなぁ」

「と、言われますと?」

「えっとね。来年になったら益州に親征するじゃない?」

「そうですね」

親征の目的は、先日処刑された王允を陰で操っていたことで予定通り逆賊と認定された劉焉を討つためのものだ。

当初は皇甫嵩や淳于瓊を派遣する予定だったが、討伐する相手が宗室の長老格である劉焉であること、新帝としての箔をつけること、さらには劉弁に戦場を経験させる必要性があることなどを鑑みて、劉弁その人が親征することとなっている。

「もしや、太后殿下は陛下が戦場に出ることを知って反対されているのでしょうか?」

通常、息子が戦場に出ると聞けば心配するのが母親というものだ。

しかもその息子が、皇帝その人ともなれば尚更心配するだろう。

が流れては、徐庶にとっても劉弁にとっても、徐庶の上司として認識されている司馬懿にとっても面倒なことになると理解しているため、無理やり態度を改めさせるようなことはしていないのが現状である。

少年たちの距離感はさて置くとして。

公的に劉弁の側近である司馬懿は、かつての十常侍と同じく劉弁宛に届けられた書簡を検閲する権限を有している。

だが、今劉弁が目にしている書状については目を通していなかった。

それは書状の送り主が何太后という、劉弁にとって数少ない身内にして何があっても絶対に劉弁の味方であることが確定している相手からの書状だったからだ。

最近周囲——主に董卓陣営の諸将など——からは『血も涙も情緒もない若者』と認識されつつある司馬懿だが、さしもの彼も何太后からの書状を検閲するほど空気が読めないわけではない。

——仮に書状の送り主が母親であろうとも、敵対する可能性があるのであれば遠慮なく検閲するのだが、それはそれ。少なくとも今回司馬懿は、劉弁に送られてきた書状に目を通していなかった。

故に、もしも劉弁が深刻な表情を浮かべていたならば、司馬懿は己が書状に目を通さなかったことを後悔しながら真剣な表情で書状の内容を教えてもらえるよう請い願っただろう。

しかし、幸か不幸か劉弁が浮かべたのは困惑に近い表情である。

母親から送られてきた書状を読んでそんな態度を取るのであれば、書かれている内容は深刻なものでは

「「本気です」」

「ええええええ」

常にないほど投げやりな態度であるが、これを不敬と断じるのは些か酷というものだろう。如何な智謀の士とて、子に関しては当人たちの努力以外に解決策など持ち合わせていないのだから。これ以降、長安に設えられた後宮では劉弁と唐后が仲睦まじく過ごす様子が散見されるようになったそうな。

また遠く離れた弘農において、長安から逐次届けられる息子と嫁の様子を詳細に記した書状を読んで満面の笑みを浮かべる母親と、その母親から「貴女もどう？　こういうの興味ない？」と詰め寄られてしどろもどろになっている少女の姿も散見されるようになるのだが、それはまた別の話である。

（そういった諸々の事情があって師ではなく太后殿下が諫めてきたのだろうか？）

そんな司馬懿の考察はまたも外れである。

「親征するなら子を成してからにしなさい。だってさ」

「……あぁ、なるほど」

戦場では何が起こるかわからない。

奇襲を受けて死ぬこともあれば、病気で死ぬこともある。

故に、戦場に行く前に後継者を作るべし。

ある意味で常識であるし、そもそも皇帝が子を成すのは、最早義務である。

加えて、今の皇統は非常に危うい均衡の上に立っている。

なにしろ現在先帝の血を継いでいるのは劉弁と劉協のみ。

幼い劉協が皇位を継ぐには無理がある。皇室という意味であれば劉虞などもいるが、彼らに皇位を継ぐ意思はないし、何より現在逆賊認定されている諸侯は、万事長安の意向を汲む劉虞が皇帝になることを認めないだろう。

つまり今劉弁が後継を遺さぬまま死ねば、それぞれの群雄によって擁立された劉氏が皇位を巡って戦をする乱世が到来することになるのだ。

それらの懸念を抑えるためにも、早めに子を成すのは間違っていない。

漆7
仏よも
イラスト・JUNNY
偽典・演義
giten engi
～とある策士の三國志～
初回版限定
封入
購入者特典
特別書き下ろし。
後顧の憂い？
※『偽典・演義　7 ～とある策士の三國志～』をお読みになったあとにご覧ください。
EARTH STAR NOVEL

ておらんのかッ！」

勝てるかどうかわからない。ならまだわかる。なにせ董卓が率いるのが漢帝国の精鋭である官軍なのに対し、韓遂が率いるのは蛮族だ。王允とて韓遂の立場ならば弱音の一つも吐くかもしれない。勝つために必要なことと判断したというのであれば、現場の判断として自分が出した命令に逆らうことも認めなくはない。

だが、命令に逆らっておきながら『勝てない』とはどういうことか。それならば黙って命令通り一定の距離をとって引き付け、時間を稼げば良いではないか。

そうすれば勝つことはできなくとも負けぬことはできる。

いかな董卓とて四万の蛮族を野放しにはできないのだ。で、あれば董卓が不在の間に益州勢を長安に入れ、孤立した郿を叩き後方を遮断する。その後は元の計画通りに動けば良いだけなのに、何故わざわざ命令に逆らってまで全てを台無しにするような真似をするのか。

「そ、それは書状に書かれていたように……」

「蛮族どもの矜持による暴走が抑えられぬ？　貴様らの怠慢ではないかっ！　だいたい、確たる勝算もなく命令に従わぬ者を何故生かしておくのだ!?　己一人が死ぬだけならまだしも、他者を巻き込んで死ぬような愚か者など見せしめに殺してしまえばよかろう！」

命令違反をした阿呆が一人で死ぬというのであれば、死ぬのが韓遂ら阿呆だけならば王允とてここまで文句はいわない。しかしながら、今回引き起こされた暴走に巻き込まれるのは韓遂らだけではない。自分や劉焉の大望。即ち、漢帝国の命運までもが蛮族の暴走によって閉ざされてしまうのである。

そのような愚行、漢の忠臣にして最大の功臣に許容できるはずもなし。

さらにいえば、確たる勝算もなく、ただの意地で軍令に逆らう者など生かしておく価値がない。

故に上位者である王允が『そんな阿呆は殺してしまえ』というのは当たり前と言えば当たり前の話である。

「……殺せませぬ」

「あぁ?」

だが、王允は勘違いをしている。

「彼らは漢に従っているのではなく、あくまで今回の義挙に賛同した協力者でしかありません」

「……」

「ただでさえ同格と考えているのです。その中で自分の氏族の人間を見せしめに殺されたら？　そのようなことをした場合、報復に走ることはあっても従うことなどありませぬ」

「ちっ。蛮族風情がつけあがりおって！」

（その蛮族の働きがなければ何もできなかったくせに）

王允が吠えるも、使者は小動もせずに冷たい目を向けるだけであった。

すでに使者にさえも見切りをつけられていた王允。

そんな彼の身に、更なる雷が降り注ぐ。

『通らせてもらう！』

『お、お待ちください！』

決して狭くはない司徒府。その最奥にある執務室にまで喧噪が響く。

（聞くに無理やり中に入ろうとする無頼者を司徒府の人間が抑えているのだろうが、一体何事だ！）

「静まれぃ！　ここを何処と心得ておるッ！」

使者との会話に苛々していた王允は、その鬱憤を晴らす意味も込めて外で騒ぐ連中に聞こえるよう大きな声を挙げた。

――これが王允にとって命とりとなった。もしもこのとき声を挙げずに逃げていれば、彼はもう少し長生きできたかもしれない。だが時すでに遅し。

「おぉ。ここにいらっしゃいましたか」

王允の声に反応したのだろう。煌びやかな鎧を着こんだ数人の武官がドカドカと音を立てて執務室へと入ってきた。官軍に詳しい者ならその鎧だけで所属を理解しただろう。

しかし、純粋な武官ではない王允には鎧だけでその所属を理解することはできなかった。ただ、所属がわからなくとも官軍は官軍である。

（多少の身分があろうとも所詮は武官。一介の武官ごときが司徒たる自分に何ができるわけでもな

し）

そう判断した王允は、無遠慮な乱入者を前にしても尚慌てることなく問いかけをしてしまう。

「……貴様ら、何者だ？　儂を司徒、王允と知ってのことか？」

「無論、存じ上げておりますとも」

「……で？」

何者か？　の問いに答えない武官にイラつきを覚えたものの、彼らが纏う剣呑な雰囲気を察した王允は無言で先を促す。……王允がその仮初(かりそめ)の威厳を保っていられたのはここまでであった。

「逆賊王允。勅命により捕縛する。逃走も自害も許さぬ。無論、ほう助した者も逆賊として処分するので、動くなら覚悟せよ」

「なん……だとっ!?　貴様ら、一体なんのつも……「黙れ逆賊」……ぐっ！」

宣告と同時に王允は数人の武官によってその体を押さえつけられた。

権力はあれども所詮は五〇を越えた老人でしかない王允に、現役の武官に抵抗できるだけの個の武力があるはずもなく。

結局王允は無抵抗で（本人的には必死で抵抗していたが）捕縛されることとなった。

——王允を捕縛した屈強な武官たち。彼らが装備していた煌びやかな鎧が示す所属先は『羽林(うりん)』という。彼らはかつて宮中に侵犯し、洛中に混乱を引き起こした袁紹らが就いていた『虎賁(こほん)』と同じく、皇帝直轄の軍勢にして、光禄勲(ヽヽヽ)によって直率される精鋭部隊である。

二

長安司空府・地下

「……楊彪め。何が狙いだ？」

突如として現れた軍勢によって問答する間もなく捕らえられた王允は、捕らえられた際や搬送されていた際、そしてこの場所に押し込められた際に騒ぐだけ騒いだからだろうか。

一連の動きから少し時間を置いた今では、一周回ってある程度の冷静さを取り戻すことに成功していた。そして冷静になって考えれば、自分が誰の手によって捕らえられたのか？　という疑問に対する答えもすぐに浮かぶ。

なにせここは司空府に用意された地下牢なのだ。ならば司空である楊彪が動いたと考えるのが妥当である。

しかし、何故楊彪が動いたのかが王允にはわからなかった。

「逆賊。確かにあの兵たちはこの儂をそう罵ったな？」

――雑兵風情が！

少し前の情景。兵士らの顔や態度を思い出すだけで叫び声を上げそうになる王允であったが、すぐに（いかんぞ。今は感情に溺れている場合ではない）と己を叱咤し、考察を続けることにした。

「普通に考えれば楊彪が裏切ったとみるべきだろうよ。しかし、だ。何故この時期に彼奴(きやつ)が儂らを裏切る必要があるのだ？」

今まで以上にすり寄ってくるのならば、まだわかる。

今更ながらに腰が引けて多少距離を置こうとするのも、まだわかる。

しかし、いきなりこのようなあからさまな敵対行動に移った理由がわからない。

なにせ現状、多少の誤差はあるものの、未だ王允や劉焉が想定していた状況と大きく外れてはいないからだ。そうである以上、現時点で明確に王允と敵対するような行動をとるのは楊彪にとっても悪手に他ならないではないか。

さすがに韓遂から送られてきた使者によって齎された内容は王允をして許容の範囲外だ。それは認めよう。あの情報を耳にしたら、今は益州で出陣の支度をしているはずの劉焉とて計画の修正を余儀なくされてしまうことも間違いない。

「それはわかる。しかし……」

それでも使者が王允の下を訪れたのは今日のことだ。楊彪にどのような伝手があるかは不明だが、西涼の早馬よりも早く現地の情報がつかめるはずがない。

劉焉から連絡が入った？　それもない。韓遂が自分よりも劉焉を重視している可能性は否めないが、地理的な関係から、益州にいる劉焉が長安にいる自分よりも早く情報を得る手段は存在しないからだ。

また今回の件で王允が『計算外だ』と判断しているのは、韓遂が送ってきた使者が『自分たちでは董卓に勝つことはできない』と断言したからである。

たとえばの話だが、楊彪に個人的に董卓陣営との伝手があったとして、その董卓陣営に属している者が楊彪に対して『必ず勝てる』と豪語したとしよう。楊彪はそれを武官にありがちな大言壮語でないと言い切れるのだろうか？

「ない、な」

実際には勝てなくても『勝てる』というのが武官の仕事だ。

故に、本来『自分たちが勝つ』と豪語しなければならない立場であった韓遂陣営の者から『勝てない』と断言された王允は大きな衝撃を受けたのだ。

なので、董卓陣営の者が何かを言ったというだけでは、自分や劉焉と完全に敵対する材料としては弱い。

では楊彪も韓遂と組んでいたとしたらどうだろうか？

韓遂が自分よりも楊彪を重視しており、自分よりも先に情報を齎していたら？

そして董卓の勝利と我々の失敗を確信したのだとしたら？

「ない、とはいわぬ。が、今回はなかろう」

事実、呂布が幷州勢から追放されてしまった以上、韓遂らを打ち破った董卓が郿に帰還することを阻める者はいなくなった。この上、韓遂らが董卓に敗れてしまえば『羌と連動して長安を落とす』という劉焉の策は根底から覆されることとなる。

こうなってしまえば『劉焉が皇帝となる道は閉ざされた』と判断してしまうかもしれない。そしてそのように判断したならば、楊彪が自分たちを見限ることもあるだろう。

「確かに奴が裏切る可能性はある。だがそれもこれも、今ではない」

そう、結局はそこになるのだ。

まだ韓遂は負けていない。

まだ董卓は郿に帰還していない。

まだ劉焉はあきらめていない。

そして……。

「まだ起死回生の策は潰えていない」

元々韓遂も馬騰も羌も胡も完全に信用していなかった劉焉は、当然自分たちの予想よりも早く董卓が韓遂らを打ち破る可能性を考えていたし、王允が自信満々に告げてきた『呂布が并州勢を掌握する』という計画が失敗する可能性も考えていた（というか、普通に考えれば董卓に背いた呂布が并州勢を掌握できるはずがないのだから、失敗を念頭に置くのは当たり前の話である）。

なので劉焉はそういった諸般の事情により自前の武力によって長安を落とすことができなくなった際の計画も練っていたのだ。

それが起死回生の策。具体的に言えば『益州勢による劉弁、もしくは劉協の捕縛』である。

確かに董卓が持つ武力は破格のものだ。

だが言い換えれば董卓は武官でしかない。

その証拠に董卓は絶大な権力を持ちながらも、長安ではなく郿に籠ることを選んだではないか。で、あれば、だ。劉弁を抱え込むことにさえ成功してしまえば、董卓を御することは難しい話ではない。と考えられる。

そもそも劉焉や王允から見て董卓という男は——新政権発足時の影響力を考えればいない方が良いのは確かだが——絶対に排除しなければいけない存在というわけではないのだ。

もっといえば、至尊の座を狙う劉焉にとって絶対の排除対象は劉弁と劉協であり、王允にとってのそれは太傅という役職に胡坐（あぐら）をかき、偉そうに自分を見下している弘農の若造どもである。

「えぇい！　思い出すだけでも腹が立つ！　……待て。この儂でさえこうなのだ。儂と同年代で長く権力の座にあった楊彪が、皇帝の側近面をしてやってきた小僧に煮え湯を飲まされたことを忘れるはずがないではないか。ならば楊彪の狙いは……儂か！」

そういった意味で、今回の韓遂らを用いた策は、元々どちらに転んでも問題ないという類の計画であった。故に王允は、韓遂らが失敗したところで大筋の計画を変える必要はない。と判断していた。しかし楊彪の立場になってみればどうだろうか。

「儂は早くから劉焉様と繋ぎをとっていた。だが彼奴は劉弁や袁術らとの間を行き来していた」

「そして劉焉様が皇帝となった暁には袁術ら逆賊を討伐し、その財を回収する予定であった」

「無論、袁術と繋がりがある彼奴も粛清の対象になる」

劉焉にしてみても、袁術と繋がりのある楊彪など好んで使いたいとは思っていないだろう。

「しかし、劉焉様が皇帝となる前に儂や儂が抱え込んだ人材が逆賊として処分されればどうなる？」

「決まっている。国政を回すためにも彼奴が抱え込んでいる人材を使うことになる。そうせざるを得ん」

清廉潔白な国士であることを自認している王允からすれば、楊彪は利権に塗(まみ)れた俗物である。なればこそ王允は、新政権が発足した暁には楊彪が持つ袁家との繋がりを批判し、彼らを排除する予定であった。

「彼奴がそれに気付いていたというのであれば……」

「そうだ。彼奴は自分が生き延びるためには儂を排除しなくてはならなかったのだ」

「それができるのは、長安から并州勢が消え、かつ劉焉様が長安に入る前。つまり今しかない！」

何故今になって？　ではない。今こそが絶好の機なのだ！

楊彪は裏切った。しかしそれは劉焉を裏切ったわけではない。

彼はあくまで王允を裏切ったのだ。

「逆賊云々は劉弁に対するもの、か。そして劉弁が死ぬか劉焉様に皇帝の位を禅譲した後であっても……」

劉焉は楊彪を罰せない。

なにせ下賤の血が流れていようとも、子供であろうとも、傀儡であろうとも、今の劉弁は皇帝なのだ。過ちを糺すために行っている義挙も、権力の座を追われようとしている小僧にとっては反逆にしか見えないだろう。

まして捏造するまでもなく、楊彪の下には様々な証拠があるのだ。そこから劉焉の関与している部分を省いて奏上することなど、司空である楊彪にとってなんら難しいことではない。

「くっ。小僧どもでは楊彪の狙いに気付けぬであろうな」

むしろ嬉々として王允を討とうとするはずだ。その後、忠臣と有能な文官を失ったこの国にどんな混乱が待ち受けているかも理解できぬままに、だ。

「おのれ、おのれ、おのれっ！」

権力に取りつかれた妖怪にしてやられた。それを自覚した王允は吠え、そして考えた。

これからの漢がどうなるか？　ではない。

己はどんな扱いを受けるのか？　を。

ここでいう『扱い』とは、決して拷問だの処刑だのといった肉体的なものではない。

史に於ける扱いだ。

忠臣として扱われるのであればまだいい。

だが十常侍がごとき国賊として扱われるのは我慢ができない。

しかし、楊彪は逆賊である袁術と近しい存在だ。

そんな男が袁家を疎んじていた王允を飾り立てようとするであろうか？

答えは否。断じて否。

むしろ王允を国賊とし、王允と敵対していた者こそを忠臣と讃えるであろう。そのような扱いを受けて良いのか？

「……おのれ楊彪！　貴様だけは、貴様だけは絶対に許さぬぞッ！」

良いわけがない。そも、真の国士がそのような扱いを受けていいはずがない！

血の涙を流さんばかりに叫ぶ王允。本来であればその声は誰の耳にも届かずに風化していくだけであったはずだ。しかし、幸か不幸かこの日は違った。

「随分と恨まれているようですが……司空殿、何かなされたので？」

「はて？　とんと覚えがございませぬなぁ。持書御史殿にお心当たりは？」

「ない。とは断言できませぬが、そこな罪人は司空殿を呼んでおりますぞ？」

「ほほほ。今更この年寄りになんの用があるのでしょうなぁ」

「貴様ら！」

叫んでいた王允の目に入ってきたのは、五〇を越えた老人と六〇を越えた老人の二人組であった。

一人は先ほどまで恨みをぶつけていた裏切り者。司空楊彪。そしてもう一人は……。

「久しいですな。司徒殿。いや、今はただの逆賊だったか？」

「おぉおぉのぉおれぇぇぇぇぇ！　貴様が、貴様が黒幕かぁぁぁぁぁ！」

「ははは。吠えろ吠えろ。今の貴様にはそれしかできんのだからな」

己を見下す老人を見て、牢よ砕けよとばかりに叫ぶ王允。

そんな楊彪に対する恨みなど比較にならないほどの強い情動を向けられようとも、なおも矍鑠(かくしゃく)とした態度を崩さぬ気骨の人、その名は蔡邕。

「カッカッカッ」

ある意味で楊彪以上に王允との因縁があるこの老人は、今も牢の中で騒ぐ王允を見やり、決して娘には見せない表情を浮かべながら静かに嗤(わら)っていた。

三

「貴様が、貴様が元凶か！」

牢に入れられた自分を見下す蔡邕を見た王允は、全てを悟った。

目の前に居る老人こそが諸悪の根源なのだ、と。

王允にとって蔡邕は『頑固で、ものの道理を理解出来ない老人』であった。王允がそう思うことになったのは、蔡邕の職務態度に原因がある。

といっても、蔡邕が手を抜いていたとか、そういった意味ではない。問題なのはその内容だ。

元々蔡邕は、王允によって投獄されるまで、数名の文官と共に漢史の編纂を行っていたのだが、その内容が王允を不当に貶めているものだったのだ。

王允からすれば、自分は『優れた才を持つ賢人』だ。当然、自分は失策などしていないと考えている。確かに長安が政治的に混乱したこともある。だが、それは自分のいう事を聞かない名家の連中や、李粛らの怠慢であって自分のせいではなかった。

しかし蔡邕が記す書の中では『長安における混乱の原因は、主に王允が失策を犯したことによるもの』となっている。これはとんでもないことだ。

ただでさえ名誉を重んじるこの時代。史に汚名を残されることは王允でなくとも許容できるものではない。故に王允は何度もこれを訂正するよう求めたが、蔡邕は頑としてそれを認めようとしなかった。

当然だろう。蔡邕からすれば、王允の行ったことの大半は現実を理解していない愚か者による愚かな政である。そんな愚かな政しか行えない司徒など、混乱を助長させるだけの存在でしかないではないか。

まして、そう考えていたのは蔡邕だけではない。楊彪を含む当時長安にて政に携わっていた名家・名士と呼ばれる者たちのほぼ全員がそう考えていたのである。

（このままでは史に悪名が残される）

周囲の人間が抱える思いは知らずとも蔡邕の様子からそのように考えた王允は、自分に向けられる視線から悪意を感じ始めたこともあって、董卓の手の者を使って自分に従わない者たちを粛清するなど、己に降りかかりそうな悪意を他人（主に董卓）に向けるための行動を開始した。

実際、洛陽での粛清や遷都のせいで名家や名士が目の敵にしている董卓は、悪評が向けられる矛先として最良の存在である。

しかしながらその董卓は政に関して王允へ委任している状態であり、彼本人も常から郿にあって長安にはいない。それでどうして政の失態を董卓のせいにできようか。

王允も色々と考えたが、それに関しての良案は浮かばなかった。だが、それらは後からいくらでも辻褄をあわせることができるものでもある。そう、董卓が死に、史の改竄（王允としては修正）に協力する人間さえ居れば、全ての罪を董卓に着せることも決して不可能ではないのだからして。

ここで問題になるのが、今まで編纂したものの修正を認めない蔡邕である。故に王允にとって蔡邕は何よりも先に除かねばならない害悪であった。

では蔡邕にとって王允はどのような存在だろうか？

一言で表すなら『田舎から出てきた頑固な老人』であろう。

元より縁故を大事にする者たちからすれば、王允は何処までいっても『身の程知らずの田舎者』でしかない。そんな田舎者が司徒という三公の座に居るのは、偏に董卓と知己があったが故。もっといえば、前任者である何進と違い洛陽になんの伝手も持たない董卓が、政治的な面倒事を担当させることができる相手を探した結果、名士として名が知られていたものの、その出自から宦官にも袁家らにも距離を置かれていた王允に白羽の矢が立った。それだけのことだ。

違いがあるとすれば、王允を推挙したのが董卓ではなく李儒であったことくらいだろうか。

当時はまだ名家閥の領袖（りょうしゅう）であった袁隗にとっても、宦官閥の領袖であった趙忠（ちょうちゅう）にとっても、王允はただの田舎者でしかなかった。で、あるが故に、自前で人材を用意できない王允はその職務を全うするために名家閥の人間や宦官閥の人間を登用する必要がある。袁隗や趙忠が王允を司徒として認めたのは、李儒に対して配慮しただけでなく、洛陽の名士に伝手の無い王允のもとに自分たちの息の掛かった者を送り込む心算があってのことでもあったのだ。

そういった諸々の思惑があるが故に、現在司徒府において職務に励む下級・中級の官吏の大半は、名家閥や宦官閥の息が掛かった者となっている。

当然のことではあるが、名家閥や宦官閥の息が掛かった者らが王允や王允の後ろ盾と認識されている董卓の為に働くことはない。むしろ王允が失敗するように動くのは当たり前のことであった（尤も、真面目に働いたところで彼らに漢帝国を運営する能力があるかどうかは別の話であるが）。

その結果が、大小様々な失策だ。

王允は己が司徒としてするべきことを知らぬし、部下に何をさせるのが正しいのかさえも知らないのだ。これでは失敗するのは当然の話だろう。今の王允の状況を日本人にわかりやすいように例えるのであれば、織田信長の力を借りて上洛して将軍となったものの、将軍としての教育を受けていなかったが故に多数の失策を繰り返し、最終的に朝廷や諸侯からの信用を失った足利義昭に近いかもしれない。

たとえはともかくとして、王允にとって最大の問題は、彼を推挙した李儒や董卓はそれも織り込み済みであったことだ。

（哀れといえば哀れよな）

今も血涙を流さんばかりに自分を睨みつけながら罵倒を続けている王允を見て、蔡邕は王允に与えられた役割を考える。

人は経験したことがないことはできない。それはどれだけ優秀な人間であっても同じだ。よって、袁家を始めとしてこれまで漢帝国を支えてきた文官を除いた今、劉弁を皇帝として戴く新政権下において数年の間混乱することは目に見えていたといってもよい。

だからこその喪でもある。なんらかの問題が発生するたびに皇帝の徳がどうたらと能書きを語る儒家であっても、本人が喪に服している間に行われた失敗を皇帝のせいにすることはできない。

そこで矛先が向くのが、皇帝その人に代わって政を行っていた人物となる。本来であればそれは丞相である劉協であろう。だが劉協は十歳になろうかどうかという子供だ。自他共に認める神輿でしかない子供に文官たちが仕事に慣れるまでの間に犯した数々の失敗の責任を負わせることは不可能だ。

であれば誰がその責任を負うのか？　当然、皇帝の代役として政を行っていた丞相を支える存在、即ち三公にある者だ。

ただし、三公の中に在っても太尉（軍の長官）であった曹嵩は責められない。なにせ、軍部の実権を握っているのは太尉である曹嵩ではなく、大将軍である董卓だと皆が知っているからだ。

そしてその董卓は、少なくとも軍事に関する事柄に於いて失態を犯していないのである。どれだけ儒家たちの中に董卓憎しの感情があったとしても、ただでさえ董卓が持つ問答無用の暴力を恐れている中で、失点のない董卓を非難するような真似などできるはずもない。

では司空である楊彪はどうか。

これもない。なにせ楊彪が当主として君臨する弘農楊家は名門中の名門である。いちゃもんをつけるには敷居が高すぎる。加えて士大夫層に伝手が無い王允と違い自前の人材を擁することや、楊彪本人にも過去に九卿などを務めた経験があることもあって、彼は司空としての職務に於いてなんの問題も起こしていないのだ。それ以前に、基本的に書しか知らず、口を動かすことしかできない儒家ふぜいに楊彪を非難できる気概などあろうはずもない。

残ったのが、中央に伝手を持たぬ田舎者であり、実際に数多くの失敗を犯している王允だ。

（むしろこのために残された、といった方が正しいのだろうな）

王允に与えられた役割は、新たに雇用された者たちが仕事に慣れるまでの間の繋ぎであり、董卓の足を引っ張るために尽力する名家閥や、新帝劉弁になりかわろうという野心ある人間を釣る為の餌なのだ。

（餌を気にして釣りはできぬ）

釣りにおける餌の役割とは何ぞや。無論魚を喰いつかせることだ。ただし、餌が死んでいては目的としていた魚が寄ってこない可能性があった。故にこれまでは生簀の中で元気に泳がせていた。しかして今、目的の魚は釣れた。ならば餌が生きている必要は、ない。

（だからといって、用済みだからと斬り捨てれば非情の誹りは免れぬ）

いくら王允が嫌われ者であるとはいえ、それだけで斬り捨てることはできない。そんなことをすれば、その内容が何であれ皇帝の行動を監視し、批判するのが義務と勘違いしている儒家たちから叩かれるし、なにより皇帝に仕える者たちが『自分も斬り捨てられるのでは？』と疑心を抱いてしまうからだ。

皇帝に求められるのは、失敗に対する厳罰ではなく寛恕である。失敗を犯した者を一々厳罰に処していては人材が枯渇する。というのもある。

（しかし此度は話が違う）

通常の失敗だけであれば、王允を罪に問うことはできなかった。

呂布を使って董卓を暗殺しようと企んだことも、蛮族たちの間で行われた痴情の縺れでしかないといえばそれまでの話。

劉焉を長安に呼び込もうとしたことも『幼い皇帝陛下や丞相殿下を宗室の人間である彼に支えさせるために呼んだ』と言い逃れることはできただろう。

（だが羌・胡を呼び込んだこと。これは駄目だ）

元々漢にとっての主敵は北方騎馬民族である。その主敵を己が野望のために呼び込む、人はそれを【売国】という。当然漢の法的にも儒の教え的にも死を賜る以外にない大罪だ。

元々調査されていた上、今では屋敷に残されていた証拠の他に、配下の証言もある。何より王允の同志として情報を共有していた楊彪からの情報提供もある。ここまでくれば王允を裁くことに異を唱える者はいない。

まして王允は、董卓を討ち破って長安に入った羌・胡の者たちに対し、自分に敵対した者たちの財貨や家族を譲り渡す算段までしていたのだ。当然その中には蔡邕（さいえん）の娘である蔡琰も含まれていた。王允は蔡邕どころか蔡琰の末路まで決めていたのである。

（この逆賊が。儂を殺した後、残った蔡琰を己が養女として胡の者に下げ渡す？　舐めた真似をしてくれる！）

王允の手の者から聞かされた計画を思い出した蔡邕は、この期に及んで今なお『自身は漢の忠臣である！』と主張する老人の妄言に終止符を打つべく口を開く。

「あきらめるんじゃな」

「何だと！」

「すでに貴様らの計画は露見しておる。貴様も、貴様の一族も、そして貴様が頼りにしている劉焉も、当然その子らも。全てが逆賊として処分されることが決まっておる」

「なっ！」

新帝による暴虐極まりない粛清……ではない。

これは謀叛人に対する正当な法の執行である。

「喜べ、貴様の名は史に残るぞ。身の程を弁えぬ田舎者にして、欲に溺れ身に余る栄華を欲したが故に漢を滅ぼさんとし、それに失敗して身を滅ぼした強欲にして阿呆な売国の徒として、な」

「あ、あ、あぁぁぁぁぁぁぁぁぁぁ！」

「ふっ」

認めない。認めてたまるものか。

せめてもの抵抗、と言わんばかりにこれまで以上に大きな叫び声を上げる王允。そんな彼を見下ろす蔡邕の口元は、かすかに、だが確実に歪んでいた。

四

蔡邕と楊彪が、今や罪人となった王允の言い分を史に明記するため――感情に任せて叫ぶ内容の中に自分たちがしらない情報があるかどうかの確認をするためでもある――にあえて王允の激情を煽る言葉を用いて彼の精神に負荷をかける少し前のこと。

長安の宮城にほど近い区画に構えられていたとある屋敷に於いて、皇帝劉弁に先立ち長安に入っていた司馬懿が主導する問答無用の捕り物劇が繰り広げられていた。

「くっ。この狼藉者め、一体何のつもりか！」

「下郎ども！　我らが誰か理解しているのか！」

「放せ！　放さぬかっ！」

「あ、う、え？」

「……気を抜き過ぎでは？」

捕縛された後も抵抗を続ける面々を眺めて溜息交じりの感想を漏らす司馬懿。彼が捕らえたのは王允の自信の元にして後ろ盾である劉焉の子らである。

長安を制圧する計画を完全に遂行するためだろうか。長男の劉範(りゅうはん)、次男の劉誕(りゅうたん)、三男の劉瑁(りゅうぼう)、そして四男の劉璋(りゅうしょう)が揃って屋敷にいたこともそうだし、侵入者に対する備えがまるでできていなかったこともそうだ。それに何より、誰一人逃げる素振りを見せず文字通り一網打尽に捕縛できてしまったことが司馬懿から見てどうしても納得できないところであった。

だがそれを劉焉の子らの油断と断ずるのは些か酷というものだろう。

「ふむ。こやつらは宗室の一員である自分たちがこうして捕らえられることなど想定すらしていなかったのだろうよ」

あまりの手応えの無さに思わず首を捻る司馬懿を横目にみやりつつそう告げたのは、司馬懿と共に手勢を連れて劉氏の屋敷に踏み込んで彼らを捕縛することに成功した京兆の尹にして司馬懿の父でもある司馬防であった。

「それは……逆賊と組んで陛下に叛旗を翻さんとしていたにしては、随分と悠長なものですね」

「そういうな」

あまりにも直情的な息子の言い様に、司馬防も苦笑いで応えることしかできなかった。

もともと劉氏であるというだけで属尽ですら一定の敬意を抱かれるこの時代、宗室の一員として数えられるだけでなく、名士としての名も高く前帝の施政に於いて確固たる地位を築いていた益州牧・劉焉の子である彼らにとって、自分たちが問答無用で捕縛されることなど想像の埒外であったことは確かだろう。

司馬懿からすれば「阿呆どもが」としか思えないが、一般的な価値観を持つ司馬防からすれば司馬懿の感想こそ異端である。

加えていえば、子に対して厳格という言葉では表現できない程に厳しい教育を施すことで知られる司馬家の一員である息子が、管轄こそ違うものの京兆尹という立場があると同時に父でもある自分に対してはっきりと自分の意志を示したこともまた、司馬防にとっては意外なことであった。

（おかしな風に成長していたならそれを糺すことも已む無し。そう考えていたのだがな）

「陛下はこれらをどう処するおつもりなのだ？」

普通であれば異端は糺すべきである。しかしながら、皇帝その人が配下に異端であることを望んでいるのであれば話は別。それが明らかに方向性を見失っているのであればまだしも、今回の件は謀叛人の捕縛だ。劉氏の家長でもある皇帝が同族に対しての尊敬や配慮よりも、斟酌をしないことを求めているときている。

（陛下の御心がそうである以上、今はこれが正しい）

息子の成長と態度に関しては八歳の頃から師として面倒を見ている男の影響が大きいことは司馬防とて理解している。そもそも息子にその男のことを教えたのも、紹介状まで用意したのも司馬防である。

無論、自分で「息子を鍛えて欲しい」と頼んでおきながら、その成長具合が気に食わないからといって矯正するのは筋が通らない。

それでも、司馬防は司馬家の当主として、息子を最低限の水準まで鍛える義務がある。そして矯正するのであれば今やらなければ間に合わない。世の中の流れや司馬懿の年齢からそう考えていた司馬防であったが……。

「無論、処刑します」

「ほう？」

（罪人とはいえ劉氏を前にしても一切態度を崩さぬ、か。うむ。悪くない）

ここ一年、何度か顔を合わせて仕事を共にする中で司馬防は、司馬懿を無理に矯正する必要はないと判断している。その最たる理由は、司馬懿の成長具合ではなく、その役割に在った。

（もとより儂には陛下の側近としての在り方を教えることはできんからな）

司馬防とて、自身がそれなりに優れた文官であるという自負はある。だがそれだけだ。

（儂は陛下の側近として公的に、もしくは兄弟子として私的に陛下を導く術を知らぬ。それを知るのは陛下の師たる彼の男のみ。なればこそ、この子はこのままで良い）

忠義の形とは愚直に仕えるだけではない。それを知りながらも、ただ愚直で在ることを己に課してきた――それが自身や家を守ることに繋がると確信していたが故であるが――司馬防は、自分とは違う形ではあるものの、確かな忠義を以て同年代の皇帝へ仕えんとする息子を見て僅かに目を細めていた。

そんな父親の思いを知ってか知らずか、今になって自分がどのような扱いを受けるのかを自覚して焦り始めた劉焉の子らを睥睨（へいげい）しつつ、司馬懿は淡々と話を進める。

「彼らの罪は陛下に対する謀叛と売国にございます。その大きすぎる罪に対する罰は九族の死。それ以外にございません」

「はぁ!?　私たちを殺す、だと？　そう言ったか！」

「ええ。それがなにか？」

「き、貴様、正気か！　私たちは劉氏、陛下の親族だぞ！」

「正気？　劉氏のくせに漢にとって不倶戴天の敵である羌や胡を引き入れて政権の転覆を謀る者たちに比べれば十分まともでしょう」

「なっ！」

「あぁ、すでに証拠は揃っております故、弁明は不要。釈明したいことが有るなら牢の中でお願いします。……拘束して牢へ運べ。口を塞いでも構わぬ」

「はっ！」

「貴様ら……っ！」

「うむ。罪の重さに対する罰としては極めて妥当ではある。しかし、劉氏が減るぞ？」

劉範らが拘束されていく様子をみやりつつ、これまで劉氏の権益を守ってきた者たちの主張を以て、それらを刑に処すことの是非を問いかけてきた司馬防に対し、司馬懿はあっさりと答えを返す。

「はて。彼らがいたとて何の役に立ちますか？」

「……言いよるわ」

劉氏に対する敬意も何も有ったものではないが、そもそも前漢の皇室を祖としている劉焉に対し、今上の帝である劉弁は後漢を興した光武帝劉秀の血筋に連なる身なので、両者は同じ劉氏であっても血縁関係は皆無といえる（なんなら劉焉の方が、劉弁との血の繋がりがあることを認めない）。

加えて、養子として桓帝劉志（りゅうし）の子になる前は皇族と思えないような生活を送っていた先帝劉宏と、庶民の出である何太后（かたいごう）は驚くほど名家や宗室との繋がりがない。よって劉焉の九族を処刑の対象にしたとて、その影響が劉弁の周囲にまで及ぶことはない。

（で、あれば彼らを罪に問うことになんの問題があろうか）

また、皇帝となった劉弁やその代理として丞相となっていた劉協が、自分たちを助けるどころか謀叛人である袁家の者を担ぎ上げ、反董卓連合と銘打たれた連合を興して洛陽に兵を向けてきた者たちを憎んでいるのは周知の事実である。

反董卓連合には劉岱や劉繇、劉表といった宗室の中でも名が知られた者たちもいたが、劉弁を護るために洛陽へ入った宗室や属尽は皆無だった。これでは劉弁が彼らに隔意を抱くのも当然と言える。

唯一例外と言っていいのが、袁紹らに反董卓連合の盟主の座を打診されたものの『如何なる理由があれども洛陽へ兵を向ける心算はない』と明言した当時の幽州牧であり皇族の長老格であった劉虞くらいだろうか。

その劉虞が援軍を出さなかったことについては、李儒や董卓から『援軍は不要であった』と事情を聞かされているため、劉弁も劉協も劉虞に対して不満や不信は抱いていない。

だが、それ以外は別。

皇帝を護ろうとしない宗室や属尽の存在が叛徒に名分を与えてしまっていることを知った劉弁が、属尽に与えていた特権を廃止することを決めたのは、極々自然な成り行きであった。

そして今回のこれである。

「今までは宗室（というか、その先祖）に対しての遠慮もあったようですが、ここまで明確に謀叛を企てたのです。もはや彼らに遠慮など不要。そう判断なされたようです」

「厳刑重罰、か」

「然り。陛下は乱れた漢を糺すためには刑徳を明確とすることが大事とお考えです」

韓非子の教えだ。

国家が国家たり得るのは法を敷き、それを護らせるからこそ。それを身内だからとあやふやにしていては国家が成り立たない。身内だから許すのではない。身内だからこそ厳しく接しなければならない。先帝劉宏のように『張譲だからしょうがない』などといって部下の勝手を許すような真似はしてはいけない。

故に今上の皇帝劉弁は罪を犯したら劉氏ですら裁く。この姿勢を明確にすることで、今まで好き勝手してきた劉氏に対する見せしめとすると同時に、彼らの行動を縛る軛とする。

これが劉弁らの考えであった。

「うむ。周囲から『やりすぎだ』と非難されようとも罰を下そうとする姿勢を見せることは、君主たるものの行動としてなんら間違ってはおらぬ」

君主に必要な素養とは、刑と徳を理解し、それを十全に扱うことにある。

荀子の徒でありその弟子でもある韓非子の教えを是とする司馬防は、劉氏に対する情よりも国家の法を重んずる劉弁の覚悟を是としたし、それを支えようとする息子司馬懿の行動もまた是とした。

「然り」

今までは誰もが――洛陽にいた名士たちですら――綱紀粛正の必要性を感じてはいたものの、それにより既得権益を侵されることを忌避した者たちがいたせいで、たとえ皇帝その人であってさえもそれを実行することができなかった。

しかしそれもこれまで。

現在、絶対権力者たる皇帝の周囲には、情報を操作して、時に皇帝すら暗殺してまでその改革を邪魔してきた宦官たちはもういない。

宦官の敵であるものの、字と算術を握ることで実務者の立場を独占し、自分たちに都合の悪い情報を隠して汚職の限りを尽くしてきた名家の者も、もういない。

いるのは、度が過ぎたさぼりや中抜き、必要以上の付届けが強制されることがないよう、日々目を光らせている文官の長とその部下たち。そして法を破った者を容赦なく断罪することを厭わない野性味あふれる武官の長とその部下たちである。

文武ともに容赦の入る隙間のない監視社会のように見えるが、そもそも法を順守していればなんら問題はない。

事実、数年前からこの制度を適用して運営されている弘農に於いては特に問題が起こっていないのだから、劉弁としても現在の体制に問題があるとは思っていない。

そもそもの話だが、基本的に一般の民衆は単独で法に触れるような問題を起こさない。したとしても酒に酔って暴れたりする程度が関の山である。よって、法の穴を突くかのような違法行為を働くのは大半が宦官や名家の関係者だ。彼らが自分たちの懐を満たすために無理な徴税を行ったり、近隣の土地を襲ったりして困窮しないかぎり、普通に暮らす民衆は法を犯さないのである。

翻って、今回の劉焉が取った行いはどうか。

「宗室の者が犯した今回の漢を乱す大罪と、それに対する罰。これを満天下に知らしめましょう」

　信賞必罰、一罰百戒。たとえ劉氏の名が落ちようと、劉氏の犯した罪を皇帝その人が糺す。これに異を唱えることができる者はいない。

（今回劉焉が犯した罪をあえて宗室という大きな括りにしたことによって、今も各地で傍観している劉氏を掘り起こすことになるだろう。同時に、これまで劉氏の維持にかけていた予算を他に回せるようになる。文句を言う者には、劉焉が犯した罪を強調しつつ『光武帝が決めた劉氏に対する処遇を復活させただけだ』とでも言えばよかろう。さて、これから忙しくなる）

　司馬懿は兵士によって牢に連れられていく劉焉の子らの背中を見やりつつ、新帝劉弁と共に興す新たな漢の在り方を思い、僅かに笑みを浮かべるのであった。

五〇　政変の裏で

一

司馬懿らによって捕らえられた王允やら劉焉の縁者やらは幸せなほうだろう。なにせ彼らは獄中に入れられたとはいえまだ生きているし、何より『漢王朝へ反逆をした』という一事で以て史に名を残すことができるのだから（本人がそれを幸せと思うかどうかは別として）。

悲惨なのは王允に阿（おもね）ったせいで名も残らないまま死ぬことになる役人たちである。

彼らは洛陽を支配していた化生たちと競えるほどの能力もなければ争うだけの覚悟もなかったが故に何もしていなかった。当然栄達なんてものは望めなかったが、そのおかげで洛陽での政変に巻き込まれることなくやり過ごすことができたのだから、ある意味では幸運の持ち主であっただろう。

しかし反董卓連合が結成され、洛陽が脅かされることを警戒した劉弁によって遷都が行われた後、彼らの状況は一変することになる。

まず、反董卓連合に参加した面々の親類縁者が全員処刑された。

袁紹らはこの行動を『非道』と断じたが、連合を結成して洛陽へと矛を向けたのは当の袁紹らである。

董卓が行った悪逆非道な行いとはなんなのか。

喪に服している最中の劉弁が誰に勅を伝えたというのか。

勅を偽造し、兵を集め、洛陽に迫る行為のどこに大義があるというのか。

そもそも貴様らは肉屋の倅と血が繋がっている劉弁を皇帝として認めていなかったはずではないのか。

大義ともいえない大義を掲げて洛陽へと迫る袁紹ら反董卓連合の面々に対し、遷都に伴い長安へと疎開していた主流派ではない名家の者たちは『自分の入る墓穴を掘っているとは、なんともご苦労なことだ』と冷笑を向けていた。

宦官も死に主流派だった連中も死んだ以上、空席となった椅子に座るのは自分たちだ。そう確信していたからこその余裕である。

しかしてその余裕は、連合軍が仲間割れを起こしたことや、彼らが互いの足を引っ張るために洛陽の各所に火をつけたり消火と称して敵対する派閥に所属している者たちの関係者の家を破壊したり、破壊された家に残っていた家財や建材などを回収して自分の財産にしていることなどを知ったときに完全に消失した。

このとき、袁紹らに向けていた冷笑は燃え盛る憤怒へと変わった。

それはそうだろう。自分の故郷を破壊されて嬉しい人間などいないし、何より彼らにとって今回の遷都は一時的なものでしかなく、反董卓連合の勢いがなくなれば洛陽に帰ることができるのだと思っていたのだ。

そこに来て連合軍による洛陽破壊のお知らせである。

よりにもよって『漢王朝の秩序を取り戻す』と嘯いていた連中によって帰るところを破壊された彼らが怒り狂うのも当然のことといえよう。

そうして洛陽へ帰ることができなくなった彼らはようやく現実へと向き合うこととなる。

即ち、誰に媚を売るか、だ。

主な対象は三公である楊彪か王允。対抗で弘農にいる太傅・李儒。大穴で大将軍の董卓。

このうち、董卓は早々に消えた。

理由？　主流派ではないとはいっても、彼らとてそれなりの歴史を持つ家の人間である。そんな彼らにとって生粋の武人である董卓は理解できる存在ではなかった。

有り体にいって怖かったともいう。

——実際特になんの罪も犯していないのであれば、書類仕事ができる文官に飢えている董卓陣営は諸手を挙げて歓迎した上でかなり良い待遇で迎え入れたはずなのだが、それを知らなかったのが彼らにとっての不幸であった。

残った三人のうち、楊彪も早めに消えた。

何故か。楊彪が袁家と姻戚関係にあることや、そもそも名家と呼ばれる諸子百家の中でも上澄みと言える楊家の当主である楊彪の周囲には、洛陽時代からそこそこ威を張っていた者たちが集結していたからだ。

彼らの中ではすでに分配の段取りまで終わっている。故に、今更そこに加わったところで下っ端扱いされるのは変わらないのは明白。労力を費やしてまで阿る意味がないと判断してしまった。

——下っ端でも生きているだけマシ。そう思えなかったのが彼らの不幸であった。

次に消えたのは李儒。

若くして権力を得た李儒は自分の派閥を持っていない。一応弘農にいる面々が派閥の一員になるのだが、数が足りないのは明白。

故に早いうちから接近すればそれなりの職に就けるはず。

実際そう考える者は多かった。しかしその考えを実行に移せた者は限りなく少ない。具体的には蔡邕とその娘である蔡琰や司馬防を始めとした司馬一家とその関係者くらいのものだ。他の者たちが勝馬に乗れなかった最大の理由は、李儒が長安にいなかったからだ。

弘農に行こうにも理由がないので行けないし、なにより弘農では劉弁が喪に服している最中だ。儒教的な考えから、そこに自分を押し売りに行くような真似をすることは憚られたのである。

加えて、実質的に長安を支配していた王允や楊彪が李儒を敵視していることを隠していなかったことも、彼らの動きを封じた大きな要因であった。

楊彪の派閥は大きい。故に派閥に属していなくとも、否、派閥に属していないからこそ目を付けられるのは避けるべきだったし、なにより王允の存在が大きかった。

元々王允には確固たる政治基盤がない。楊彪とは友好的な関係にあったものの、自己の派閥を形成できていたか？　と問われれば、誰もが首を傾げたことだろう。

事実長安に入ったあとの王允は、丞相である劉協を抱え込み彼の名を使って様々な勅を発するなどして自分の立場を固めるために必死であった。

——その姿は彼自身が忌み嫌っていた宦官たちと同じであったが、王允自身がそれに気付くことはなかった。

そうこうしてなんとか己が権力を確固たるものにしようとしていた王允は、自分が発した勅に従わない、否、従わないどころか事あるごとに自分が発した勅を無効とする命令を発して政局を混乱させようとする勢力、即ち弘農にいる若造たちを明確に敵対勢力として認識していたのである。

洛陽から長安へと移ってきた名家の者たちの心情とすれば、どこの馬の骨とも知れない老骨に頭を下げたくはない。

しかし、実力が伴っていないとはいえ司徒は司徒。さらに王允は董卓から同郷の武官を借り受けているので、王允がその気になれば長安にいる名家の者たちの命なんざいくらでも刈り取ることが可能な状況であった。

そんな状況で特殊な伝手も持たない者たちに弘農にいる李儒らに接近することなどできるはずも

なく。結果として長安にいる士大夫の中で寄る辺がない者たちは王允に擦り寄ることとなってしまった。

それが不幸……というべきではないだろう。

なぜならこの状況はとある腹黒の手によって意図して作られた状況なのだから。


〜〜〜〜〜〜〜〜〜〜〜〜〜〜〜〜〜〜〜〜〜〜〜〜〜〜〜〜〜〜〜〜〜〜


先日喪があけた劉弁が長安へと赴く事前準備として、長安に於いて大規模な清掃活動が行われてから少ししたある日のこと。本格的な移動を控えて今日も今日とて多忙を極める太傅の下に、一人の男が陳情に訪れていた。

その陳情の内容は『王允らと共に捕らえられた士大夫たちに対して恩赦を出して欲しい』という、なんとも言えないものであった。

弘農郡弘農・宮中執務室

「そもそも、仕事の量に対して士大夫の数が多すぎるのです。役人の数が多すぎるが故に、一件で少量しか抜いていない筈なのに、最終的に尋常ではない量の物資が中抜きされてしまっている。これは早急になんとかしなくてはなりません。違いますか？」

「……否定はしません」

今や味方からも腹黒外道と恐れられる李儒だが、意外というべきか、その言動は極めてまともなものであることが多い。

彼が周囲から恐れられる最大の理由は、目的を達成するための手段を選ばないことと、その際に出る犠牲に対して忖度や容赦を一切しないところにある。

とはいっても『中抜きを完全に止めさせる』などといった現実に即さないルールを作って押し付けたりはしない程度の常識は持っているので、踏み越えてはならない一線が何処に有るのかさえ理解していれば彼ほど付き合いやすい人間はいない……かもしれない。

そんなこんなで現在太傅の目の前にいるのは、彼の一線が何処に有るのかをおぼろげながらに理解しつつある数少ない人物の一人であり、何進を支えていたことで個人的な付き合いもそれなりにある男、荀攸である。

ただ、荀攸が何をしてもできないことはあるわけで。

「現状我々が直接管理する必要があるのは司隷と涼州の二州のみ。もう少ししたら益州も加わりますが、それでも三州だけなのです。これから各勢力が文官を増やし各々で土地を管理していくことを考えれば、現在いる士大夫連中の多くは古い因習から抜け出せぬ愚物となり果てます。我々にそれらを抱える余裕はありません」

「……そうですな」

　正論の刃に刻まれた荀攸に反論する術はない。

「故に今回の件に於いて恩赦はございません。ご承諾願います」

　完全論破である。

「承りました。ご多忙の中このような些事にお時間を取らせてしまい申し訳ございません」

　自分の立場を一切考慮しない容赦のなさにさしもの荀攸も不快感を示すか？　と思いきや、そんなことはなかった。

　それどころか今や劉弁に仕える名家閥の代表と目されているが故に、名家の者たちから『なんとか恩赦を引き出して下さい！　なんでもしますから！』と拝み倒されて交渉役にされてしまった挙句にけんもほろろに陳情を却下されてもなお荀攸は一言も反論することなく、それどころか「無駄に時間を使わせてすみません」と李儒に頭を下げたのである。

　これは荀攸の人徳のなせる業……ではない。

「謝罪は受けましょう。しかし荀攸殿もご苦労なされておりますな」

「えぇ。もう少しどうにかならないかと思いますが、何とも難しいところです」

「しかし今回の件でまた連中の数が減りますからな。これからは楽になるのでは？」

「そうなってくれることを願います」

　ははは力なく笑う荀攸と、それを見て「苦労しているなぁ」と憐憫の目を向ける李儒。

恩赦を勝ち取って貰うために荀攸に望みを懸けていた名家の者たちからすれば、要望を叶えられなかったにも拘わらずこうして李儒と談笑するなど明確な裏切り行為に他ならない。

しかしながらそれは大きな勘違いである。なにせ荀攸は自身が荀子の子孫であることを誇りとしているタイプの人間だ。荀子の教えを踏襲すれば、不正や中抜きをする人間は庇護する対象には成りえない。そのため彼は元から李儒がいう『名家を滅らす』という意見に反対していないのである。いや、反対していないどころか、まともに仕事をしないうえに不正を働いておきながら罪を償おうともせずに生き延びようとしている連中を心底見下しており、積極的に裁こうとしているくらいであった。

ここまで言えばわかるだろう。そう、荀攸は今回李儒から恩赦を引き出すための交渉をしにきたわけではない。逆だ。自分に恩赦を引き出して欲しいと交渉に来た者たちの存在とその名を報告するためにきたのだ。

一応派閥を率いる身なので陳情はした。だがそれだけだ。

そもそも荀攸自身が王允に擦り寄った連中に価値を見出していない、というのもある。

なにせ一時は「文官が足りない！」と騒いでいた董卓陣営でさえ、遷都を終えて軍務に集中できるようになった今では少しずつ余裕が生まれてきたし、元々長安を中心とした三輔（さんぽ）地域は洛陽から来た面々などいなくても十分以上に余裕をもって回せていたのだから新しい文官は必要とされていない。

また遷都によって洛陽からおよそ二〇万の人口が流出したとはいえ、彼らは何も持たずに移動した難民ではない。計画的に疎開した移民である。まして洛陽から移動する際に回収した物資は豊富にあるし、なにより半数近くを弘農で引き受けているので長安にかかる負担は限りなく少なく抑えられているのだ。そのため猶更新たな人員は不要とされていた。

こうなると、洛陽から移ってきた文官が邪魔者扱いされるのも当然のことといえる。

まして彼らは名家の人間なので中途半端に仕事をさせれば当然のように中抜きをするし、仕事をさせなければ「収入がない！　そちらの命令で遷都してきたのだから補償しろ！」と騒ぎ立てる迷惑な存在である。

尤も、彼らが遷都の命令に従って移動してきたことも、それによって仕事を失ったことも事実（遷都に従っていなければ死んでいたが）ではあるので、主張していることだけは間違っていない。間違ってはいないがそれだけだ。

日本人の価値観からすれば「中抜きは犯罪ではないのか？」と思われるかもしれないが、後漢的な常識や名家の基準で中抜きは当たり前に行うべきことであって罪と認識されていない。よって中抜きをしていることを理由に処罰を下した場合、本当の意味で文官が全滅してしまうことになる。

そのため彼らを処刑、もしくは放逐する理由として中抜きを使うことはできない。

ちなみに中抜きを理由として西園八校尉を処罰したケースがあるが、あれは政略と謀略の化物である何進が根回しをしたことに加え『皇帝の財産を横領した』ことを罪として弾劾したからこそ処罰できたのであって、今回の件はそれには当たらない。

だが、中抜きをされることで物資が浪費されることも事実である。一人百銭程度のものであっても千人でやれば十万銭だ。これが毎日、それもいたるところでやられているのだから、財政が破綻するのも当然だろう。

【悪意なく国を腐らせる害虫】

現在劉弁ら弘農にいる者たちが洛陽から長安へ移動した士大夫たちに与えている評価だ。

さしもの荀攸も、李儒と敵対してまでこれを庇護しようとは思わない。それだけの話だ。

まして今は国難のときである。早急に国を立て直すためにも財政の健全化は迅速に行わなければならない。そのためには大量にいる害虫を駆除しなくてはならない。

しかしながら理由なく連中を排除するのも難しい。何か悪事を働いてくれれば処罰もできるのだが、いかんせん彼らは小物に過ぎた。荀攸には中抜き以上の罪を犯さない連中を裁く術は思い浮かばなかった。

(どうしたものか。そう考えていたのだが)

誰もが頭を抱える難題に対し、李儒はあっさりと答えを提示してみせた。

李儒曰く『悪評はこれから処刑される逆賊に引き受けてもらえばいい』とのこと。

その逆賊とは当然、漢の地を匈奴に売り払った売国奴の王允と、王允を操って帝位の簒奪を目論んだ劉焉のことである。彼らの罪は極めて重く、その罪に相応(ふさわ)しい罰とは即ち九族の殲滅である。

王允に連座して殺される人間の数が如何程になるかは不明だが、少なくとも恩赦を与える必要はない。

これにより大量の文官が死ぬことになるし、その分だけ財政に余裕ができる。そう考えれば非常に素晴らしい策だった。

この策を聞いたときは荀攸も思わず「なるほど！」と手を打ったものだ。

「思えば私も随分と毒されてきたな」

李儒との会合を終えて執務室を出た荀攸は、自分が多くの士大夫たちの命に価値を見出していないことを自覚し、独り言ちる。

士大夫を見捨てたことに後悔をしているのではない。逆だ。

「刑徳とはよくいったものよ。うむ。刑を与える際に逡巡してはならぬ。この歳になってようやく荀卿の教えを理解できた気がする。まぁその教えを最も理解し、実行しているのが彼というのが些か気になるが……もしや卿は彼のような人物だったのか？　いや、よそう。これについては深く考えないほうがいい気がする」

一瞬、敬愛する祖先に近付けていることを実感して頬を緩ませたものの、気付いてはいけないことに気付いてしまったような気がしてどこか釈然としない思いを抱く荀攸であった。

二

「さて。次に行くか」

荀攸の説得に成功したことによって物理的なリストラを行うことが可能になった。

これにより人件費の削減に一定の成果が見込めるようになったものの、この時代は後漢末期の世紀末。大陸全土が無法の荒野と化し、破落戸（ごろつき）共が蔓延るようになる戦国乱世一歩手前の時代である。

史実の李傕がどう考えていたかはしらないが、現在俺が主導する長安陣営が採った方策は、敢えて群雄を割拠させることで各々の群雄に地方の開発を行わせて総合的な国力を高めるという方策だ。

基本的に中央集権国家は地方で力を付けた勢力によって権力を簒奪されることを警戒しているため、地方の発展を望まない傾向にある。

これを警戒のし過ぎという声もあるかもしれない。

だが、地方が力を付けることの危険性は歴史が証明している。

具体的には、殷が西域を発端とする周に取って代わられたことであり。

その周が同じく西から興った秦にとって代わられたことであり。

そして秦が巴蜀（はしょく）から勢力を拡張した漢に（実際は漢に取り込まれる前に項羽が率いる楚の軍勢によって半ば滅んでいたが）取り込まれたことである。

また後漢を興した光武帝も、最初は南陽で挙兵しているが後に河北に渡りそこで地力を蓄えてから挙兵して大陸の統一に成功しているのをみれば、地方に力を付けさせることの危険性がどれほどのものなのかがわかるだろう。

しかし今回長安陣営はその危険性を理解しつつ、敢えてそれを選択した。

何故か。それ以外に採れる方策がなかったからだ。

こんな話がある。

ある時。長安に遷都してから間もないころに袁紹らの息が掛かった儒家などが、王允や董卓に対して『地方の群雄に正式な官位を与えることで恩を着せればいい』だの『官位を受け取った以上は漢の被官となるのだから部下として使えばいい』だのと尤もらしい献策をしたことがあった。

儒家として中途半端な見識しかもたない王允はそれらの意見に「尤もな話だ」と頷きかけたのだが、偶然劉邦と張良（ちょうりょう）の逸話を知っていた董卓が「で、そいつらが裏切ったら誰が責任を取るんだ？　お前か？」と責任の所在を確認したところ、彼らは一斉に黙り込んだ。

連中のあまりの無責任さに怒った董卓が、献策した者たちを指し『この豎儒（じゅじゅ）共は袁紹に利する献策をした逆賊である』と断定して首を刎ねたという、史実を知れば全然笑えない逸話があったりする。

このように、遷都してから間もない時期の長安陣営は、明らかに不自然かつ無理があるような献策でさえも通りそうになる程度には混乱していたのだ。

尤も、この献策については袁紹らの思惑や王允の無能さ以外の思惑もある。それは司空である楊彪に『地方にいる袁術の力が増してくれるのは良いことだ』という思惑があったことだ。

こういった思惑があったからこそ楊彪は、儒家が王允や董卓に献策をするよう人知れず働きかけていた（事実、上記の献策した者たちはあくまで自分の意見として献策しており、どれだけ尋問しても楊彪の名前は出てこなかった）。

「随分と手の込んだ……いや、これこそが名家の真骨頂ってやつか」

俺としても楊修はともかく楊彪は仕留めておきたかったのだが、なんともうまくいかないものである。

「一番リストラしたいやつをリストラできなかったのは無念ではあるが、それでも一歩は前進した」

一歩でも前進は前進。そう思わなければやっていられないという思いもないわけではないが、残念ながら今の俺には逃がした魚の大きさを嘆いている余裕はない。

元々俺たちが真っ先にやらなければならないことは、名家の排除だけではない。

優先すべきは経済政策である。

王允一派を物理的にリストラしたのもそうだ。獅子身中の虫の排除と同時に人件費の削減をするという意図があったのは確かだが、あれにはそれ以外にも、連中を極刑とすることで連中が洛陽から持ち込んだ資財と、長安で燻っていた連中の持っていた資財を回収するという意図があったのだ。

罪悪感？　ない。

なにせ連中が貯め込んでいた財は元が不当なやり方で集めていた財だからな。

で、その回収した資財を使って行う経済政策が、治水工事や開墾などの内政事業となる。

戦略ゲームが好きな人間であれば『そういうのはまず攻めて領地を広げてから』というかもしれないが、何度もいうように現状長安陣営は人材の関係上これ以上領地を広げてもまともに管理できないし、なによりこのまま政をおろそかにした場合、ただでさえ大ダメージを負っている漢という国を根幹から崩壊させる大事件に発展してしまう。

そのことを知っている以上、俺は領地の拡張よりも先に政、特に経済政策に注力しなくてはならないと判断したのだ。

ではその『漢を根幹から崩壊させる大事件』とは何か？

平たく言えばハイパーインフレによって経済観念が崩壊することだ。

当然のことながら、この時代は経済という概念が非常に未熟な時代である。

しかしながら、未熟とは存在しないというわけではない。

事実何進はこのあやふやな概念を正しく理解し、物流を握ることで経済を手中に収めていた。つまり、漠然としたものではあるが、確かに存在するものなのだ。

そして『存在するもの』が崩壊した場合、漢は致命的な打撃を受ける。その後に待っているのは大陸全土を巻き込んだ経済的大混乱だ。

史実に於いてこの経済的大混乱は、曹操が魏国を興してからようやく解決するために着手したものの解決することはできず、曹操の跡を継いだ曹丕が皇帝となって新たな貨幣を鋳造するまで大よそ三十年近く続いたといわれている。

この経済的大混乱を招いた要因として一般に広く知られているのが【董卓五銖銭】である。

董卓五銖銭はこれまで漢で流通していた五銖銭に比べて、銅の比率が少ない。厚みが薄い。中央の穴が大きい。文字がかすれている。と言った様々な問題があった貨幣である。

これができた背景として、当時漢に於ける主要な銅の産出地であったのは益州と荊州の江夏郡なのだが、益州を治めていた劉焉も、荊州を治めていた劉表も反董卓の動きを見せていたため、長安では鋳造に必要な銅を集めることができなかった。そのため董卓は使用する銅の量を減らして銭を鋳造するよう命じたという。

これが、あまりに粗悪な造りだったために、ただでさえ経済に対する概念が薄い民衆たちの持つ銭に対する信用を著しく下げた悪銭と名高い【董卓五銖銭】が世に生み出された経緯とされている。

しかしこの話にはいくつか疑問がある。

まず基本にして最大の疑問。時系列の問題だ。

董卓が何進の後を継いだのが西暦にして一八九年の秋から冬にかけてのこと。

次いで袁紹を盟主とした反董卓連合が結成されたのが一九〇年の一月。

劉協が長安に移ったのが同年の二月で、董卓が長安に移ったのが同年の三月とされている（軍勢の移動や結集、人員の移動を考えるとこの時点で色々おかしいが、今は割愛する）。

三月から冬にかけて、反董卓連合は各所で董卓軍に敗退した。

情勢が変わったのは一九一年に入ってから。具体的には孫堅が陽人にて呂布と胡軫が率いる軍勢を打ち破り、華雄などの勇将を討ち取るといった快進撃を見せてからだ。

こうなってから董卓は洛陽を捨てて長安へと移ったとされている（あれ？　一九〇年の二～三月に移ったのでは？　という意見は無視するものとする）。

それから少しして、孫堅以外の反董卓連合も洛陽に入り、半年ほどグダグダしてから解散。

この間、長安に撤退した董卓は郿に城塞を築きそこを拠点として軍務を行った。

そして一九二年の四月に王允の命を受けた呂布の手によって討たれている。

おわかりだろうか。

つまるところ董卓が相国として政に口を出すことができるようになったのは、早くても一九一年の中頃から後半で、その後はわずか半年足らずで死んでいるのだ。

当たり前の話だが、この短い期間で銅銭を大量に鋳造させることも、その銭を大陸中に流通させることも不可能である（造ることだけはできるかもしれないが）。

そもそも経済に対する見識がなかった董卓がいきなり貨幣を鋳造させる命令を出すこと自体おかしなことだ。よってこの五銖銭自体、本当に董卓が造らせたのかどうかさえ怪しいものである。

ましてや誰がみても悪銭とわかっているのだ。わざわざ董卓の死後になってから流通させるのではなく、流通量が少ないうちに回収して鋳潰し、新たな銭を造り直せばそれで済む話ではないか。

それらをしなかったのは何故か？

穿った見方をすれば、当時の政を預かっていた連中が自分の考えで銅を少なくした銭を造り、結果的に大失敗したのを受けてその責任の全てを董卓に押し付けようとしたのではないかとさえ思えてしまう。

「まぁ誰がこれ造って流通させたかはさておくとして、事実としてハイパーインフレは起きた。それも董卓五銖銭が流通してからな」

故に俺は最終的に漢の経済に止めを刺したのが董卓五銖銭であることは否定しないが、それ以前にこの国にはハイパーインフレが発生する要因があったと見ている。

つまり『董卓五銖銭を造らなければインフレは起きない』と考えるのは誤りで、他にも対処をしなければならない事柄があるということだ。

そのいくつかある要因のうち直近で起こる事柄の一つが、それなりに三国志を知る者であれば誰もが聞いたことがある有名な飢饉の一つにして、後漢末期に於けるハイパーインフレが発生した大きな要因でもある飢饉。三輔飢饉だ。

「そもそもこの時代の貨幣の価値は、二十一世紀とは違い、金や銀と交換できるか否かではなく、食料と交換できるか否かによって決まる」

銭で嗜好品を賄う士大夫層にとっては違うかもしれないが、実際に銭を使う民にとって、どのような銭であっても食料と交換できればそれでいい。逆に、食料と交換できなければ銭の意味がないのだ。

それを踏まえた上で、これから中原（ちゅうげん）を襲う飢饉は大きく分けて二つ。

「一つは司隷と兗州を中心に発生した蝗害（こうがい）による飢饉。もう一つが三輔飢饉だ」

この二つの飢饉により、中原では『銭があっても食料が買えない状態』となってしまい、民の中にあった銭に対する信用が完全に消失したのである。その結果『一石の穀物が数十万銭』というハイパーインフレが発生してしまう。

「よって、これから引き起こされるであろうハイパーインフレを防ぐ方法は大きく分けて二つ」

一つは食料の生産量を向上させること。

「これについてはもうやっているから問題ない」

色々と、そう、色々とやっているのだ。

で、もう一つは飢饉を起こさないことである。

「これがな。とくに重要なのは首都である長安を含む三輔飢饉への対処だろう」

三輔飢饉はその名の通り、京兆尹・右扶風・左馮翊（さひょうよく）の三輔地域を中心として発生した飢饉である。長安を首都とし、長安に居を構えた以上、ここで飢饉を起こしては劉弁の威信に傷がつく。

「故に長安陣営を主導する立場である俺としてはこの飢饉への対処を最優先する必要がある。あるんだが……できることはもうやっているんだよなぁ」

『飢饉とは通常旱魃（かんばつ）や洪水といった天災が原因で発生するものだから対処をするなんて不可能』な

ど思われがちだが、端的にいえばそれは誤りである。

なぜか。それはこの時代、飢饉によって生じる被害の七割が人災によるものだからだ。

なぜ飢饉が人災になるのか？　といえば、これにもいくつか理由があるのだが、最大の理由として挙げられるのがこれまで散々いってきた中抜きのせいである。

例えば涼州で一〇〇の物資が必要な飢饉があったとしよう。

この場合、まず洛陽で一〇〇の物資が集められる。

次に、洛陽を出るときに五〇になる。

道中で三〇になる。

涼州と洛陽を繋ぐ都市である長安に入って二〇になる。

長安から出るころには一〇になる。

最終的に涼州についいて五になっている。

運が良ければ一〇届くこともあるが、それは相当運がよくなければならない。

これがこの時代の漢では当たり前のことであった。

このように、洛陽の名家や宦官たちにとって地方で発生した飢饉など、自分の懐を潤しつつ皇帝に『徳が足りない』と言って自分たちの縁者を潤す公共事業を強要するためのイベントでしかないのである。

政治の中枢でこんな考えが横行していたために、この時代に於ける飢饉とは、その始まりこそ旱魃などの天災を起因とするものの、被害の七割が人災によって齎される災害といえるのだ。ではこれを抑えるためにどうすればよいか。

「簡単だ。中抜きする人間を減らせばいい」

関わる人間が減ればそれだけ中抜きされる量も減る。実に簡単な対処法である。

これによって一〇〇必要な場所に一〇〇……とまでは言わないが八〇程度でも届くようになれば、それだけで被害を減らすことができる。

これだけでもかなりの改善に見えるだろうが、三輔飢饉において人間が取れる手段は他にもある。なぜならこの三輔飢饉は天災による飢饉ではなく、最初の原因からして人によって引き起こされたものだからだ。

三輔飢饉が発生することになった要因。

それは、遷都によって洛陽から三輔地域に流入した六〇万ともいわれる移民の存在だ。

「元々なんの備えもしていなかったところに突如として六〇万もの移民が流入すれば、そりゃ飢饉にもなるわな」

極々当たり前の話である。

とはいえ、これも本来であれば避けられたはずのことであった。

なにせ史実に於いて遷都を主導し、反董卓連合との戦の中で完遂してみせたのは、当時涼州の一軍人に過ぎなかった董卓を相国にまで押し上げた辣腕の軍師、李儒である。

政治的にも軍事的にも秀でた視野を持つ彼が『遷都しました。でも洛陽からきた人間のことなんて知りませんん』などと、後になれば確実に己の首を絞めるであろう事柄を放置するだろうか？

「否、ありえん」

故に李儒は何かしらの腹案を用意していたはずなのだ。

事実、董卓が殺された後に呂布を破って長安から追い出し、王允を討ち取って長安を支配することになった李傕と郭汜は、自分が統治をおこなうのではなく、李儒を推挙して政治を任せようとしていた。

「だが彼らの計画を無にした阿呆がいる」

当時一一歳の絶対権力者、劉協だ。

劉協は李儒に対し『兄を殺された恨み』を抱いていたために、李儒を重用するどころか粛清しようとさえしたのである。

粛清自体は李傕と郭汜をはじめとする面々による取り成しがあったため撤回されたが、この件によって李儒は隠棲し、表舞台から姿を消すこととなった。

もちろん劉協が、仲の良かった異母兄である劉弁を殺した李儒に恨みを抱く感情は理解できる。だがそれを『董卓の命令で仕方なくやったことだ』と理解し、許したのであれば、劉協は李儒を登用すべきであった。

それができなかったが故に、ただでさえ李傕らの手によって王允に近しかった士大夫が殺され、文官がその数を減らしていた中、李儒に従っていた文官たちも劉協から距離を置くことになってしまったのである。

これでは通常の業務ですら滞ってしまうのは当然で。洛陽から流入してきた六〇万の民をどうこうするどころの話ではない。

結果として政治に疎い涼州軍閥の面々はもとより、劉協の傍にいた董承らでさえも何も対処することができず、六〇万の消費者は消費者のまま放置されてしまった。

これにより遷都によって洛陽から持ち出され、董卓が回収して蓄えていた潤沢な物資が一方的に放出されるだけの状態になってしまう。

それからおおよそ二年後。蓄えていた物資が尽きたが故に、彼らが流入した三輔地域で飢饉が発生してしまった。

三国志好きが一度は思う『董卓が郿に蓄えていた三〇年籠城できる物資は何処に行ったんだ？』という疑問。その答えがこの『無意味に流出し、浪費された』である。

「何もしなくても数年持ったというだけで洛陽に蓄えられていた財がどれほど膨大だったのかを物語っているがな」

数年持ったが故に三輔飢饉の理由に洛陽からの移民を紐付けられなくなったともいえるが、それはそれ。因果関係さえ理解していれば話は簡単だ。

「洛陽の人口六〇万のうち二〇万は弘農で受け入れた。残りの四〇万のうち、二〇万は軍人の関係者で各地に散らした。残る二〇万のうち一〇万は長安周辺の開発に回し、残る一〇万は涼州で開墾作業に当たらせる。そのために前々から羌や胡を利用して世紀末式有機農法を実践してきたしな。あぁそうだ。今回の四万も良い肥料になってくれるだろうから、しっかり散らすように大将軍閣下に指示を出さないといかんか」

飢饉が来るとわかっているなら備える。

飢饉の原因がわかっているなら排除する。

この程度のリスクマネジメントは、現代社会を生きてきた社畜にとっては極々当たり前の話だ。

「……なにもしなくても肥料が向こうから来てくれるとは、な。なんとも良い時代になったものだ」

三

王允一派を物理的に首にすることは既に決定している。

王允の誘いに乗った羌・胡の連中の末路も決まっている。

これにより内憂も外患も消えたのだから「これで綺麗さっぱり片付いた！」と喜べるほど、この時代は甘くない。

元々内憂と考えていた楊彪一派は生き延びているし、外患である袁紹らもまだピンピンしているからだ。

その袁紹は現在、冀州の中心である魏郡や常山などを抑えているものの、南皮(なんぴ)を中心とした北半分を劉虞が抑えているし、その後ろの幽州は公孫瓚がしっかりと固めているので、袁紹とともに冀州に入った郭図(かくと)や荀諶(じゅんしん)たち潁川閥の士大夫や、元々冀州の士大夫であり刺史である韓馥に従っている田豊(でんぽう)や沮授(そじゅ)がどう動くかを観察する必要はあるだろうが、今のところ大きな動きがとれるような状況ではない。

「むしろ注意すべきは豫州と揚州を抑えつつある袁術の存在だ」

史実でも演義でも散々な扱いをうけた袁術だが、袁家が培ってきた人脈は決して侮れるものではない。さらに俺が十分以上に遷都に干渉したこの時間軸に於いて孫堅は反董卓連合に参加しておらず、必然的に洛陽で玉璽(ぎょくじ)を見つけていないため、当然その子である孫策も玉璽をもっていない。

つまり歴史に名高き偽帝襲名イベントが発生しないということになる。

こうなると士大夫が袁術から離れる理由がなくなるため、彼の勢力は維持されたままだ。

同時に孫策による揚州略奪も発生しないが、別に孫策がいなくとも揚州程度であれば袁術の手勢だけで落とすとしてもそれほど苦労はしないだろうと思われる。

なにせ袁術は逆賊ではないが、劉繇は名指しで逆賊扱いをされているのだから。

劉繇を皇帝に推すような士大夫は存在しないだろうから、時間と共に人が離れていく一方となるはずだ。

「さらに劉繇の旗下で最も有名な武官である太史慈がなぜか幽州にいるからな」

尤も、太史慈は元々幽州の隣である青州の人間なのだから、徐州や長江を超えて揚州にいるよりも幽州にいるのはそれほどおかしくない。おかしくはないのだが……これも劉虞と公孫瓚が敵対していないからこそ生じた齟齬と思えば納得もできる。

純軍事的に考えれば余裕のある公孫瓚ほど怖い存在はないが、彼は政治的な野心を抱くタイプの人間ではないので、必要以上に恐れる必要はない。むしろ今までと同様の支援をするだけで味方となるはずだ。

公孫瓚についてはいいとして、袁術についてだ。

袁術には豫州を纏めた後、孫堅とともに揚州を落とすよう指示を出している。

しかし孫堅はまだ劉表の子である劉琦が治める荊州の江夏郡の平定を終えていない。

そのため袁術は豫州で足場を固めることもできるし、東の徐州や北の兗州に手を出す余地もある。

ちなみに史実に於いて袁術は、長安政権が任命した兗州刺史である金尚を伴って兗州へ兵を進めたが、曹操らによって返り討ちに遭っている。

「これが曹操の武勢を上げることになると同時に、声望を落とすことになるんだが……」

このとき曹操が長安政権、つまり皇帝が認めた刺史を認めず追い返したことが、後に兗州の士大夫が曹操を見限る要因の一つとなっている。

「そりゃな。まともな士大夫からすれば、宦官の孫であり逆賊である曹操よりも、楊彪と繋がりがあり、刺史を任される、つまり逆賊の認定も解かれていたと思われる袁術の方が近しい存在なんだよな」

その後の偽帝騒動のせいでアレになったが、袁術は間違いなく名家閥のまとめ役として機能していたのである。その袁術が曹操と戦わない。つまり袁家の力が蓄えられる。これはよろしくない。

「かといっていきなり金尚なんてなんの繋がりもない奴を刺史として送り込むわけにもいかんわな。馬日磾は蔡邕と一緒に漢記の編纂中だから動かせん。まぁ憤死されるのは勿体ないから彼はこのまで良いんだが」

優秀な人材が無駄死にしないのは良いことだが、そのせいで諸侯を動かす駒が足りなくなるのは問題だ。

「……まぁ袁術が動かなければ曹操にはプラスもマイナスも生まれないから、それで良いと考えるか。元々あの天才の動きは読み切れないからこっちの態勢が整うまでは劉岱に頑張ってもらい、曹操には東郡太守のままでいてもらおう」

時間と比例して曹操の地力が増すことになるが、所詮は一郡の太守。そう考えることにする。

残る外患は益州の劉焉だ。

皇帝劉弁を始めとした面々によって敵視されている劉焉だが、この討伐が実に面倒くさい。

「いや、皇帝が親征すれば一瞬で終わる話なんだが、あそこは万が一があるからなぁ」

三国志に於いて益州は難攻不落の地とされるが、実際はそんなことはない。

後世益州が難攻不落の地とされるのは、その自然環境から交通の便が悪いことと、劉備と共に入蜀した人材の大半が中原に於いて既得権益を奪われたが故に反曹の思考を持った連中だったからだ。加えて一州で六〇万人程度しかいないので、大軍で以て攻め落とすだけの魅力がある土地だと思われていなかった（要するに略奪に向かない土地だと思われていた）のだ。

地の利がなく、そこにいる人間が内応しない。

さらに攻める方に意欲がないとなれば攻め辛いのは当然だろう。

事実、劉備が死んでそれぞれの派閥を纏める人間がいなくなった後の蜀はグダグダを絵に描いたような状況になっている。

だが、攻めるのが皇帝その人であれば話はガラリと変わる。

攻め手が曹操であり、守り手が劉協によって皇族として認められた劉備だったからこそ『帝を私物化している逆賊に負けるものか！』と奮起することもできたが、攻め手が皇帝その人で、守り手が『逆賊』と認定された劉焉の場合はその限りではない。

攻め手に反抗しようとする行為そのものが罪となってしまうからだ。

こうなると一致団結した反抗など不可能だ。

地元の名士などは誘いをかければいくらでも内応に応じてくれることだろう。

なんなら『劉焉の首をもってきたら恩赦の対象にしてやる』と言えば益州の士大夫たちは喜んで劉焉の首を刎ねようとするかもしれない。

そうである以上李儒や荀攸、もしくは皇甫嵩や淳于瓊などが官軍を率いれば、断固たる決意もなければ大した戦闘経験もない益州勢など鎧袖一触で蹴散らすことも可能だろう。

「通常であればそれでいい」

皇帝の仕事とは自分が戦場に立って武功を挙げることではなく、部下を戦場に送り込んでその功績を讃えることだからだ。

しかし、攻めるのが劉弁の場合は少し事情が異なる。

元々母親の血筋の問題があるせいで軽視されがちな上、先代の皇帝である父劉宏も十常侍による専横を招いた皇帝として士大夫層からの評価は高いとはいえない。

なんならその前の桓帝劉志も、宦官の権勢を強化したことや、党錮の禁などによって士大夫を迫害したせいで士大夫層からの受けがよろしくない。

つまり劉弁は、先々代や先代の分も合わせて知識層に嫌われている。

そのため部下に何かを任せた場合――この場合は劉焉の討伐――それを実行した部下を褒め称えたとしても周囲は劉弁の決断ではなく、実行した将兵を評価するだろう。反対に、もし失敗したり甚大な被害を出した場合は劉弁の決断を責めるはずだ。

良いことは自分の手柄。悪いことは皇帝のせい。

この時代の士大夫にとっては極々常識的な思考なのだが、この思考のせいで李儒らが益州を攻略しても劉弁のことが評価されることはないのである。

李儒個人の考えとしては、別に士大夫層の評価などに興味はない。黙って仕事をしてくれればそれでいいと考えているからだ。

しかしこの時代の士大夫層とは、隙あらば中抜きとサボタージュを行おうとする連中である。それをさせないためには上司が厳しく監視する必要があるのだが、今はその上司を逆恨みして殺害するような連中が当たり前に蔓延っている時代だ。

そういった蛮行をさせないためには、監視をする役人を正常に働かせなくてはならない。

監視役がしっかりと働くためには監視役の上司、つまり皇帝がその威光によって監視役を見張り、護る必要がある。ここまでやらなければまともに働かないのだ。世の民から役人が嫌われるのもむべなるかな。

そんな役人の性根はいずれ叩きなおすとして。

「面倒なことだが役人として働くことができる士大夫層なくして政は成り立たん。そして連中をまともに働かせるためには、連中に劉弁自身を認めさせる必要がある」

結局連中に『劉弁は傀儡ではない。己の足で立つ皇帝である』と見せつけないことには話が進まないのである。

「唯一の救いは、現在劉弁を操っていると噂されているのが董卓だってことだな」

董卓にしてみたら風評被害もいいところなのだが、先年反董卓連合が結成された理由がそれだし、彼らと戦ったのも董卓率いる軍勢なので、否定できる要因が存在しない。

勿論事実を認識している面々からすれば、劉弁の後ろに居るのは李儒だ。

太傅にして録尚書事にして光禄勲にして弘農丞である李儒以上に劉弁に近い者など存在しない。

弘農にいれば否でもそれを感じるものだが、すこし離れてしまうと李儒の影は恐ろしく薄くなる。

名前が広がっていないのだ。

たとえば反董卓連合の盟主であった袁紹に李儒について尋ねたとしよう。

その場合袁紹は『李儒？　肉屋の小倅の腰巾着であろう？』と答えるはずだ。

流石に楊彪と繋がりがある袁術は少し違うが、反董卓連合の重鎮とされていた劉岱や劉繇に聞いても袁紹と似たような答えを返すだろう。

これは李儒が実際に兵を持たぬが故に敵として見られていないこともあるが、それ以上に袁紹らにとっては何進の影が大きいこと、そして己をその何進と同格かそれ以上の存在だと勘違いしているために、何進の部下でしかない李儒など己の敵としては小さすぎると認識してしまい、最終的に『そんな小さい人間が劉弁を操っている黒幕のはずがない』という結論に至ってしまうからだ。

「だから親征に董卓が絡まなければ、いくら現実を曲解しようとする連中であっても劉弁の手柄を認めざるを得まい」

ここまではいい。残る問題は先ほど李儒が呟いたように『万が一』があった場合となる。

「羌族は敗れ、長安にいた劉焉の子供は王允らと一緒に全員打ち首となった。当然劉焉もそのことは知っているはずだ。故に事ここに及んで劉焉に残された選択肢は、無条件降伏か徹底抗戦しかない」

　ただし、徹底抗戦を選んだとしても部下がついて来るかどうかは別の話となる。これがあと一〇年も経っていれば東州兵と呼ばれる連中が股肱の臣となっていた可能性があるが、いかんせん彼らは結成からそれほど時間が経っていないので、無条件で命を預ける程の忠誠を得られているかどうかは微妙なところだろう。

　まして劉焉は劉表と同じく土豪たちを殺しまくったり、方針に異を唱えたかつての同志を排除している過去があるので、信頼できる人間は極めて少ない。

　もし劉焉に「こんな状況でまともな戦争ができるのか？」と自問するだけの冷静さがあれば、徹底抗戦を選ぶことはないだろう。だからと言って降伏したところで逆賊として殺されることは目に見えているのだから、黙って降伏するとも思えない。己に売国奴たる自覚があれば尚更だろう。

「となると劉焉が取る手段は、降伏してから恩赦を得るために接待をする……とみせかけて油断したところを暗殺してこちらを混乱させる、か？」

　具体的には宛城(えんじょう)にて張繡(ちょうしゅう)が曹操に対してやったアレに近い。策そのものはありきたりなものだが、ありきたりなものだからこそ回避が難しいものでもある。

「まさか無条件で降伏してきた劉焉からの謝罪や接待を受けないわけにもいかんからなぁ」

　赦すにしろ赦さないにしろ、最低限の礼儀というものは存在するのだ。

　それがただの犯罪者ならまだしも、相手は宗室に連なる人間だ。むしろ社会的な評価でいえば、桓帝に養子として迎え入れられるまでは皇族の切れ端でしかなかった先帝劉宏と肉屋の倅こと何進の妹の間に生まれた子である劉弁よりも高いとさえいえる。

そんな相手からの謝罪を突っぱねて殺した場合、劉弁の評価は間違いなく地に落ちることとなるだろう。

「董卓なら問題なく殺せるんだけどなぁ」

悪評の塊である董卓であれば『劉焉からの話を聞かずに殺した』という噂が広がっても「またか」で済むが、劉弁はそうもいかない。

これから漢を再興するにあたって――ただでさえマイナスタートだというのに――これ以上評判を落とすわけにはいかないのである。

「董卓が使えない以上、親征は淳于瓊を始めとした西園軍を主力にする必要があるな。名目上の総大将は劉弁。実質的には淳于瓊。張遼と李厳もつける。司馬懿と徐庶は……暗殺防止のためにつけるか。油断に繋がらないよう釘も刺しておこう」

想定される最悪の事態を防ぐための準備を怠る者はもはや策士ではない。

想定した内容が『謀殺』という、劉焉の良心や反省と言った部分を全く考慮していない内容なのは些か以上に性根が曲がっていると言えなくもないかもしれないが、少なくとも謀殺に備えるのは間違ったことではない。現在、劉弁の死を望む者も、それによって長安が混乱すれば得をする者も数多くいるのだから。

四

王允陣営が処刑されたことで文官不足になると思われがちだが、元々王允にすり寄っていた面々には大した仕事が与えられていたわけではないので、特に問題はない。

この点で問題があるとすれば、楊彪の関係者や弘農から長安に入った者たちの勢力が強くなりすぎるというところだろうか。弘農から出向いた者たちなら大丈夫と思うかもしれないが、何事にも程度というものがある。

一強体制になったら調子に乗るのだ。人間は。

なので調子に乗らないよう釘を刺すべきなのだが、それをすれば委縮して仕事にならないという面倒くささ。

「もう文官に関しては荀攸と鍾繇(しょうよう)に任せてもいいんじゃないかな」

鍾繇とは、現在は黄門侍郎でしかないものの、史実では司隷校尉となり漢中を統治したのち、相国や太傅にまでなった人物である。

曹操の跡を継いだ曹丕などは、鍾繇・華歆(かきん)・王朗(おうろう)の三人を一代の偉人とまで称したくらいだ。他の二人は少しアレかもしれないが、鍾繇は決して無能の輩ではない。そこに荀攸を付けるのだから問題ないだろう。そう思うことにした。

文官の人事に一段落がついたら次は武官である。

特に重要なのは功績を重ねている董卓と孫堅の扱いだ。

「信賞必罰。傍から見れば優遇されている両者も実際は面倒ごとを押し付けられているだけだからな。ここらで普通の報奨を出すべきだろう」

特に顕著なのが孫堅だ。彼はここ数年で、長沙の太守から桂陽・零陵・武陵の太守を追加され。さらには南郡都督まで追加されている。

いまでもそこそこ人材はいるだろうが、荊州が本格的に文官の宝庫になるのは華北や中原での戦が本格化した後の話であって、今ではない。

もちろん劉表陣営から文官を引き入れたが、まだまだ人手不足は否めないところ。

更に大将軍であると同時に鄖侯でもある董卓と違い、孫堅には長安との繋がりもなければ確固たる地盤もない。これでは彼の仕事に報いているとは言えないだろう。

「孫堅に与える爵位は列侯。封邑は長沙の県であれば長安の連中も騒ぎはしないだろうな」

本来一県を与えるとなればかなりの大ごとなのだが、それが荊州の南四郡の一部であれば話は別だ。中央の誰も欲しがらないような場所にある県を与えたところで、孫堅を憐れむ者や蔑む者はいても羨む者はいないだろう。

「いや、もしかしたら列侯の時点で羨むかもしれないが、さすがにそこまでは面倒見切れん」

偉くなれば嫉妬されるものだ。そのくらいには慣れてもらい、自分で対処してもらうしかない。

他といえば皇甫嵩や朱儁くらいだが、彼らには十分以上報いているし、何より彼らが政治に近寄ろうとはしないので、このままで問題ない。

「董卓は……なにか欲しいものがあれば向こうから言ってくるはずだな。もし何もなければ一族の董旻（とうびん）に何らかの爵位を与えておけばいい。後継を認める証にもなるから文句はないだろう」

不足と言えば不足だが、妥当と言えば妥当。ただ董卓の働きを決して無視する心算はないので、ナニカを言ってきたら報いる所存である。

「あとは、呂布か」

彼こそ今のところ浮いている著名な武人の筆頭である。

現在呂布は王允の策から逃れるために姿を晦（くら）ましたことになっているが、当然その居場所は掴んでいる。というか、李粛を通じて河東郡の平陽で休むよう伝えさせたのは俺だ。

史実や演義では裏切りの代名詞とされて散々な扱いを受けている呂布だが、俺としては彼を使うことに異論や抵抗はない。

なぜなら見方を変えれば彼は誰も裏切ってはいないからだ。

呂布の経歴について簡単に説明しよう。

最初に彼が裏切ったとされるのは養父の丁原である。

しかしながらこの丁原、史実に於いて殺されても文句を言えないような大罪を犯している。

それはなにか。

もちろん『皇統への口出し』である。

元々丁原が董卓に暗殺されることになったきっかけは、董卓が劉弁を廃し劉協を帝とすることを宣言したことに対して反発したからであるといわれている。

だが考えてもみて欲しい。

そもそも、劉弁を皇帝として認めていた人間が当時の洛陽にどれだけいただろうか？

元々袁紹を始めとした名家の面々は何進と血の繋がっている劉弁を認めていなかった。宦官も劉協を推す蹇碩とそれを認めない張譲らに分かれていたが、張譲らとて劉弁を推していたわけではない。彼らはあくまで『誰が権力を握るのか』で揉めていただけなのだ。

つまり当時洛陽を支配していた文官たちは、清流濁流を問わず何進と血のつながりがあった劉弁を廃嫡することを望んでいたのである。

袁紹らにとっての誤算は董卓が劉協を抱え込んだことであって、劉弁を廃嫡したことではないのだ。

それを踏まえた上で丁原の行いはどうか。

なんと、彼はたかだか幷州刺史の分際で「劉協の即位を認めない」とほざいたのである。

それが皇統への口出しになるかどうかを自覚していたかどうかは知らないが、空気が読めないにもほどがある。

この空気の読めなさが彼を殺したといっても過言ではない。

呂布だけでなく、幷州勢のほぼ全てが丁原を見捨てて董卓に従ったのがその証拠と言える。

つまり呂布が丁原を裏切ったのではない。

丁原が勝手に暴走した挙句に殺されたのだ。

次いで呂布が裏切ったとされるのは董卓だが、これはもっとおかしい。

まず董卓が本当に傍若無人の徒であったのであれば、彼を殺したことは賞賛されることはあっても非難されることではないということだ。だが、これに関しては別の問題になるので今はいい。

問題は呂布が王允の命令に従って董卓を殺したことにある。

軍事に於いて責任とは命令を下した人間に帰結する。これは当たり前のことだ。

しかも当時の呂布は一将軍にすぎず、対する王允は三公の一。司徒である。

ちなみに反董卓連合が結成された口実として橋瑁が造った偽勅が三公によるものとされていることからもわかるように、当時三公によって造られた勅命は、実際の勅命に等しい重さを持つと認識されていた。

それに鑑みれば、王允から呂布に対して出された『董卓を誅殺せよ』という勅命は正式な勅命となる。つまり事前に呂布と董卓の間にどのようなことがあったかは知らないが、少なくとも呂布が董卓を討ったのは漢王朝からでた正式な命令によるものなのだ。

これで『董卓を裏切った』と呂布を非難するのは無理があるだろう。

もし非難されるとすれば、それは命令を下した王允であるべきだ。

また、董卓を殺した後、長安を追われた呂布は袁術や袁紹を頼るのだが、そこでも呂布は拒絶された。特に袁紹に至っては仕事をさせた後に暗殺までしようとしている。

この場合は袁紹による明確な裏切りと言ってもいいだろう。

次いで曹操が治める兗州での戦となるが、これも呂布が曹操を裏切ったわけではない。

彼は招かれただけだ。それでも誰かが裏切ったと言いたいのであれば、それは曹操だ。

彼が先に兗州の士大夫を裏切ったのである。

これについても語れば長くなるのだが、概要だけ述べよう。

当時兗州の士大夫が宦官閥の領袖になりつつあった曹操に求めたのは、まず長安との距離を詰めてもらい、彼らに課せられた『逆賊』という汚名を雪(そそ)ぐことである。

そうであるにも拘わらず、彼は逆賊の代名詞であった青州黄巾党を迎え入れてしまった。

ただでさえ討伐対象の、それも先代の兗州刺史であった劉岱を殺した黄巾党。

さらに相次ぐ戦乱で物資がない中で百万人とも言われる難民を迎え入れるとは何事か。

結果だけ見れば、彼らは役に立った。曹操の覇業を支える存在になった。

だがそれはあくまで結果論であり、なにより曹操が劉協を保護したからこそうまくいったのであって、この時点で見れば曹操の行いはギャンブルですらない。ただの暴走だ。

さらにその補填を求めて徐州に攻め込むというのだから、兗州の士大夫が切れるのは当然の話だろう。

そこで呂布を迎え入れた陳宮や張邈(ちょうばく)の判断は、個人的には高く評価されるべきだと思う。

なにせ呂布は漢の忠臣であり、一度も逆賊とされたことのない人物なのだから。

彼の下で戦い、反董卓連合の副盟主であり黄巾党を迎え入れた大逆の徒、曹操を討ち果たすことができれば、陳宮や張邈を始めとした兗州の士大夫たちは晴れて逆賊の汚名から解放されるのである。

結果は残念ながら敗北に終わったが、それでも漢の秩序を語る上で呂布が責められる謂れはない。

次に呂布が裏切ったとされるのは劉備だが、彼に関してはいうまでもない。

まず劉備は陶謙から州牧を引き継いだとされるが、州牧は世襲制でもなければ前任者が勝手に決めるものでもない。あくまで帝によって信任された者がなるものだ。

翻って劉備はどうか。彼は勝手に徐州の主を騙っているだけだ。陶謙はどうだったかは知らないが、彼の息子が二人とも劉備に仕官しなかったことから、まともな継承ではなかったと思われる。

そもそも徐州の士大夫が劉備を迎え入れたのは、隣国の曹操や袁術に対抗するため耄碌した陶謙を廃し当時勢力を拡大していた公孫瓚との誼を結ぼうとしたが故である。

しかしながら、徐州に入った後の劉備は酷かった。公孫瓚が界橋で負けたため武威が衰えたこともあったが。それ以上に彼の最大の欠点である金銭感覚のなさと政治に対する無理解が徐州を圧迫したのだ。

気前がいい？　民に惜しみなく財をばらまく？　あぁ、恩恵を受けるほうは良いだろう。

だが統治をする人間としては最悪だ。

そもそも備蓄とは役人たちが不当に蓄えているわけではない——そういう点も否定はしないが——何かあったときのために備えているのである。

劉備は陳羣などが何度も諫言してもそれに耳をかさず、袁術との戦や軍備に予算をつぎ込んでしまう。これにより徐州の政は曹操による虐殺や袁術の侵攻も重なって崩壊寸前まで追い詰められた。

さらに悪いことに、劉備の悪癖である身贔屓が発動していた。そのため張飛らが調子に乗っており、士大夫たちからの評価を落としてしまっていた。

そうした諸々を積み重ねた結果、張飛と諍いをおこした下邳の主将であった曹豹が劉備を見限り呂布に寝返ることになる。

劉備や張飛はこれを逆恨みしたらしいが、そもそも陶謙が死ぬ間際に奏上して豫州刺史となったが実権はなにもない名前だけの刺史でしかなかった劉備と違い、このときの呂布は劉協から直接『曹操との戦に励むように』と言われ徐州牧と平東将軍に任じられている。

（尤も呂布が徐州牧とされたのは一九五年から一九六年にかけてのことであり、劉備が徐州を継いだのは一九四年のことなので呂布が下邳を取ったのがこの前なのか後なのかは不明だが、少なくとも劉協は呂布が徐州を治めることを認めている）

このため、実は徐州を治める正統性は劉備よりも呂布の方が強いのである。

余談になるが徐州の士大夫たちも呂布が徐州の主を名乗った際に特に大きな抵抗をせず——劉備が本拠地としていた下邳を奪われても他で抵抗することはできる。実際に曹操のときは抵抗した者たちがいた——あっさりと呂布に従っていることから、劉備が麋竺(びじく)や孫乾(そんけん)といった特定の士大夫以外の面々から見限られていたことがわかる。

この後、曹操を裏切って独立した劉備があっさりと徐州を見捨てて袁紹の下に逃げたことを考えれば、劉備もまた徐州の士大夫を信用していなかったことがわかるだろう。

つまるところ劉備を裏切ったのは曹豹以下徐州の士大夫であり、その彼らを裏切っていた劉備が呂布に対して裏切った云々を言える筋合いではないという見方もできるのだ。

加えて——これは意外に思われるかもしれないが——呂布が丁原と董卓を殺したことを公然と非難したのは、当時の人間では劉備だけだということも忘れてはいけない。

事実、当時名家のまとめ役であった袁紹とて一度は呂布を受け入れている。文官や武官に不足しているわけでもないのに拘わらず、だ。もし呂布の素行に問題があったのであれば、迎え入れる時点で袁紹を支える士大夫たちが反対したはずだが、それもない。

その後で袁紹が呂布を除こうとしたのは、呂布との諍いが発生したことと呂布の武威を恐れたが故であって、そこに丁原や董卓は関係ない。

袁紹の下から逃れた呂布は、河内の張楊に迎え入れられた後に陳宮らに奉じられる形で兗州に入るのだが、もし呂布が丁原や董卓を殺したことが儒教的に問題視されていたのであれば、当時名士として名を馳せていた張邈らが呂布に従うはずがない。

それは徐州の士大夫も同じだし、一度は呂布を受け入れなかった袁術でさえ、後に条件付きでの同盟を認めている。それも子供同士の婚姻という、同盟が成立していたら一門衆として扱うことを決めていたのだ。

曹操も呂布を捕らえた時に彼を殺すか生かすかで悩んだという。

これは当時の曹操に呂布を殺す理由がなかったからだ。

先述したように、呂布の立場は劉協に認められた正式な平東将軍であり、徐州牧だ。よって呂布が劉備を追い出して徐州を治めることに問題はない。このため劉備の復権を口実として徐州を攻めた曹操と徐州で迎え撃った呂布の諍いは、あくまで漢帝国内の権力争いでしかないのである。

故に、格付けが終わり、呂布が曹操に従うことを公言した時点で漢に仕える身である曹操には、同じく漢に仕える呂布を殺せなくなる。

曹操が、元々能力があれば誰であろうと受け入れると公言していた――正式に命令を出したのは後のことだが、当時から出自を問わず重用することを明言・実行していた――のも不味かった。

呂布は間違いなく武人として優秀なのだから、降伏した以上は使わないと己の言を覆すことになってしまうのだ。

まして名目上とはいえ彼らの上司、つまり帝である劉協は曹操よりも呂布を評価している。

故に劉協は呂布がいうような『軍を呂布が。政治を曹操が』という体制にすることに反対しないだろう。いや、むしろ諸手を挙げて賛同したかもしれない。

それもまた曹操の頭を悩ませた。なぜならこの体制にした場合、劉協が『曹操を討て』と呂布に命じてしまえば、曹操の命運は尽きてしまうからだ。

そのことを知る曹操はどうやって呂布を殺すかで悩んだはずだ。

そこで曹操が利用したのが劉備だった。

呂布に恨みを持つ劉備は、間違いなく呂布を殺すよう提言するだろう。

非公認とはいえ、前の徐州の主にして豫州刺史でもあり属尽でもある劉備の言葉であれば受け入れても恥にはならないし、劉協に対する言い訳にもなる。

そうして曹操の横に立った劉備は曹操が求めた言葉を口にしてくれた。

それが『丁原と董卓を殺した不義の人』という、まともな人間であればこそ思い浮かばなかった一言だ。

普通に考えて『儒の教えに反したことを理由に処刑する』など、どう考えてもありえないことだが、呂布が降将であることや、戦の後で興奮していた場の空気を利用した曹操の手腕が優れていたが故に、呂布はそのまま処刑されてしまった。

その後、劉備が劉協に気に入られ皇族として認められたことで、呂布の評価は『儒教的に不義の人』というものに固定されてしまう。

何のことはない。呂布を貶めたのは呂布に恨みを持つ劉備だったのだ。

その後三国志を編纂した陳寿は蜀の人間で元々劉備贔屓が強い人物であったし、なぜか反董卓連合に劉備が参戦していることになっているほどに劉備贔屓の三国志演義に至ってはいわずもがな。

呂布は董卓と一緒に劉備と民を苦しめる悪役にされてしまった。

このため後世に至るまで呂布の名誉が回復されることはなかった。

だが、元々劉備に何も求めていない俺からすればそれ自体が何の価値もない情報であり、評価である。

「それに、少なくとも現時点での彼が誰かを裏切っているわけでもないしな」

現在の呂布は、董卓と王允の間に挟まって苦悩した結果、李粛の言に従って逃げただけだ。

それが敵前逃亡といえばその通りだし、両方を裏切ったといえばそれも否定できないところだが、それもこれも『きちんと指示に従った』と考えれば悪いことではない。

少なくとも命令違反や独断専行、敵前逃亡に権力乱用を繰り返す劉備よりはよっぽど信用できる。

「呼び寄せるか。使い道は……長安の関係者が行く益州には関わらせないほうがいいだろうな。ならば戦場は関東。それも対袁術の切り札と考えるべきか」

間違っても袁術や袁紹の下にはいかせない。兗州なんて以ての外だ。

せっかく曹操を現状維持のまま留めているのに、余計な波風を立てては意味がないからな。

「こんなものか。少し休んでから見直してみよう。それで問題がなければ司馬懿や荀攸の意見を聞いて、そこでも問題がなければそれから施行だ。……面倒なことこの上ないが、ここからは一手もしくじれん。まぁ、こっちにも天才がいるのが唯一の救いではあるがな」

歴史に名を残すような本物の天才と読み合えると自惚(うぬぼ)れることができるほど自分に自信がない俺

は、あとでこちらが抱える本物の天才である荀攸や司馬懿をこき使うことを前提としたうえで、自分なりに纏めた内政・軍事・謀略・人事の書類を眺めつつ、ひとまず休憩をはさむことにするのであった。

偽典・演義

～とある策士の三國志～

giten
engi

漆7

特別読切

呼び出しを受けた男

李粛の知略によって王允が仕掛けた悪辣な罠から逃げ延びることに成功した呂布は、親友であり恩人でもある李粛の指示に従って、家族が待つ長安には戻らず、僅かな供回りと共に右扶風から左馮翊を経由して河東郡を越え、同郷の武人である張楊が治める河内郡は野王県に滞在して、一連の件のほとぼりが冷めるのをただひたすら待っていた。

とはいっても、呂布が罪人として手配されているわけではない。

事実、同郷の誼（実際は李粛からの指示）で呂布の受け入れに応じた張楊でさえ、董卓の養子として一軍を預かっていた呂布がこうして避難しているのは〝王允の養女を娶ったせいで王允の関係者だと思われていることから、粛清を免れるために預かっていた軍を董卓に返したうえで長安から離れたところにいるのだろう〟と考えているくらいだ。

有り得たかもしれない未来と違って董卓と敵対していない呂布が長安を離れる理由などそれくらいしかないし、なによりそういう意図がないわけではないので、張楊の考察が間違っているわけではない。

そういった考察が根底にあることから、張楊やその側近たちは〝現在長安で引き起こされているという王允一派及び劉焉の関係者の捕縛や尋問や粛清の情報が入ってくるたびに呂布の顔色が悪くなるのは、知り合いに対する憐れみや、自分だけが助かっているという後ろめたさを覚えているのだろう〟と考えていた。

そのため最近は、長安で行われている粛清やらなにやらの詳細を聞くたびに顔面蒼白となっている呂布に対し「案ずるな。お主が悪いわけではない」と慰めの言葉をかけていくのが通例となっていた。

逆に言えば、そんな言葉をかけられるくらい呂布の顔色が悪いともいえるのだが……。

では、そんな人格者の下で庇護されている呂布がどんな気持ちで長安の様子を聞いていたかと言えば、なんのことはない。

「俺もそうなる、ということか？」

知り合いが死んでいる？　関係ない。

王允が膝と玉を潰された上で毎日責め苦に遭っている？　どうでもいい。

劉焉の子供たちが毎日肉を削がれている？　それこそどうでもいい。

呂布ほどの武人が、誰が見ても一目でわかるほど顔色が悪くなるくらい狼狽している理由はただ一つ。

こうして耳に入ってくる情報の一つ一つが『次は貴様の番だ』と告げているようにしか聞こえな

いからだった。

「……逃げるか？　いや、だが、どこに？　というか、どんな名目で俺は捕らえられる？」

呂布は焦っていた。

「俺は王允とは違って自分が権力を握ろうとしたことはないし、俺の独断で名家を襲ったこともない。すべては三公たる王允の命令でおこなったことだ。なにより、董卓殿も李粛もそれを止めることはなかった。だからそれを理由に俺が裁かれることはない、はずだ」

もちろん名家を襲った際に多少のおこぼれは貰っているし、その都度〝いい思い〟をしたことがないともいえないので、全部が全部王允が悪いとは断言できない。断言できないが、それだって上位者である董卓が止めればそれで済んだことである。

少なくとも自分や李粛が董卓の命令に反することはなかったし、董卓から預かっていた并州勢とて董卓の意思に反して動くことはなかったのだから。

「王允の養女である紅昌を娶ったことを理由にすることもない、はず」

彼女を通じて逆賊の関係者となってしまったが、それ以前の話として呂布は董卓、否、弘農の面々が王允を除くつもりでいたことを知っている。

その上で縁故を理由に呂布を罪人とするのであれば、呂布を養子としていた董卓にもその罪が及んでしまうことになるではないか。そんな隙を晒すか？　あの董卓が？

「尤も、圧倒的武力を誇る董卓殿に罰を与えることができる存在など……心当たりがないわけではないが、彼の御仁とて徒に罰を与えることはないだろう。なにより董卓殿が、己にあの罰を下すことになりうる名分をそのままにしておくはずがない。最初から縁組を認めなければ済む話だからな。そうしなかった時点で、彼らが縁故を理由に俺を裁くことは、ない」

董卓と呂布は一蓮托生。故に呂布個人が余程のことをやらかさない限り、董卓は呂布を裁けない。ならば怯える必要もない。と思うかもしれないが、さにあらず。

「……俺は董卓殿を選べなかった」

王允に騙されかけていた。それは事実だ。

紅昌を通じて家族が人質に取られていた。それも事実だ。

だが、それがなんの理由になるというのか。

「ひとたび董卓に従うことを決めたのであれば、何を差し置いてでも董卓殿を選ぶべきであろうがッ！」

たとえばの話になるが、とある史に於いてどこぞの属尺は、戦に敗ける度に妻も子も家臣も領民も全部見捨てて逃げていた。それによって見捨てられた彼ら彼女らは、首を刎ねられたり戦利品として扱われたりすることになったのだが、彼ら彼女らを見捨てた属尺がそのことを非難されたことはなかった。

むしろ潔い逃げっぷりを称賛されたくらいである。

これは儒教に於いて、家族よりも家長が生き延びること（というか家長を生かすために家族が犠牲になること）を是とする精神があるからだ。

これは配下も同様で、主君を生かすために配下が死ぬことを是とすることはあっても、その逆はない。それらの常識を踏まえた上で今回の呂布の行動を振り返ってみよう。

「俺は董卓殿よりも家族を優先した。して、しまった」

こうなる。

さらに不味いことに、呂布にとって董卓はただの主君ではない。

養父、それも董家の家長なのだ。

つまり呂布は主君であり家長である董卓と妻子を秤にかけて妻子を選んだことになるのである。

これが不忠でなくてなんだというのか。

そんな不忠者に大事を任せる人間がどこにいる？

そんな不忠者との約束を守る必要がどこにある？

むしろ適当な理由を付けて殺すのが当たり前ではないか。

このことを自覚しているからこそ、呂布にとって長安で行われている粛清の話は他人事ではなかった。

次は自分か。それとも先に長安に残された妻子か。

長安から報せが来るたびに顔色を悪くする呂布。

そんな彼に転機が訪れたのは、長安に吹き荒れていた粛清の嵐が落ち着いた九月下旬のことであった。

「弘農？　長安ではなく？」

「そのようだ。聞くところによれば貴殿の妻子はすでに弘農へと移っているそうだぞ」

「……そうか。他に何か聞いているか？」

「いや、新たな将軍位を授ける、とは聞いているが、それ以外は何も」

「将軍位？」

「うむ。お主は元々飛将軍と呼ばれていたが、実際の役職は騎都尉であろう？」

「あ、あぁ」

「長安が落ち着いたとはいえ、四海には逆賊が蔓延っておる。そんな中、大将軍の養子であるお主がただの騎都尉では色々と足りんと考えたのではないか？」

「……なるほど」

（張楊の言葉に嘘はなさそうだな。わざわざ俺に正式な将軍位を与えるというのであれば、だまし討ちで俺を殺すつもりはないと考えてもいいだろう。赴任先が長安ではなく弘農なのは、まだ長安には俺を疎んじている者がいるから、か？　それとも新帝と共に長安へと移ったであろう彼の御仁の代わりだろうか？　うむそちらの方がありそうだな。何にせよ、即座に殺されることはなさそうだ）

　張楊が携えてきた辞令を確認して漸く一息吐けた呂布。

内心だけでなく、傍から見ても分かるように安堵している彼はまだ知らない。

彼を弘農に呼び出した男、本来であれば皇帝の教育係として皇帝の傍に侍っていなければならないはずのその男が、長安に移動した皇帝の傍ではなく、弘農にて先帝の喪に服している皇弟の傍に侍っていることを。

その男が何のために呂布を己が膝元に呼び出したのかということも。

これまでずっと自分を苛んできた極度の緊張状態から解放された呂布は、まだ何も知らなかったのである。

数えることおよそ一月半(ひとつき)ほどという、長いようで短かった雌伏の時を終えた飛将呂布。

万夫不当と名高き武を誇るその男が「なんでこうなったぁぁぁぁ！」と嘆きの声を挙げながら大陸中を駆け回る日はすぐそこまで迫っていた。

少年の決意

司隷弘農郡・弘農

時は劉弁が長安に移動する前のこと。

「ねぇ司馬懿。李儒が弘農の開発と協に教育を施すため、弘農に残ることになったよね？」

「はっ」

先日劉弁は先帝劉宏の喪が明けるとすぐさま皇帝として勅を発した。

その内容もさることながら、彼の弟である劉協が大勢の人間が見ている前で劉弁を皇帝と認める態度を明確に示したことで、一部の口さがない文官たちの間で囁かれていた『丞相殿下は肉屋の血が流れている兄を認めていない』という噂がほぼ解消されたことで、劉弁の地位はより確固たるものになったと言えるだろう。

ただし、あくまで兄弟間で争う可能性がなくなったというだけの話であって、漢に住まう全ての人間が劉弁を皇帝として認めたわけではない。

劉弁を認めていない者の名を挙げるとすれば、まずは後宮へ兵を入れて乱暴狼藉を働いたかと思えば、その罪を償うどころか反董卓連合なるものの盟主となり洛陽へ兵を向けつつ、皇族である劉虞を皇帝として担ぎ上げることで己が犯した罪そのものをなかったものにしようとした逆賊袁紹の名が挙がる。

その従兄弟にして汝南袁家の当主である袁術も、形式上は劉弁に従う素振りを見せてはいるものの、実際は劉弁を認めていないことは見る者が見ればわかることだ。

また宗室に連なる身でありながら袁紹に従う形で連合に参加した劉岱と劉繇。表立って反董卓連合には参加しなかったものの、諸侯へ兵糧や資金の提供を行っていた逆賊劉表の子にして、今も江夏にて抵抗を続ける劉琦もまた、劉弁を認めていない。

そして此度、王允を裏で操り漢の実権を握ろうと画策していたことが判明した益州牧の劉焉の名も追加された。

ざっと名を挙げただけでもこれだけの人間が劉弁を認めていないことがわかっている。

このような状況の場合、儒教的な常識に鑑みれば、劉弁は己が行動や弁舌で以て自身が皇帝に相応しい人物であることの証しを立てる必要がある。

通常は毅然とした態度で勅を発したり、過去の皇帝や偉人の墓を造って称えたり、名家や名士と呼ばれる人間に対して恩赦を行ったりすることで自分に徳があることを示すものだ。

今回で言えば、反董卓連合に参加した諸侯に対する恩赦だろうか。

諸侯の中にはそれを期待していた者もいただろう。

しかしながら今回劉弁が選んだのは恩赦によって徳を示すことではなかった。

むしろその逆。同族であっても逆賊として処罰することで、皇帝が宗室や名家の傀儡ではないことを満天下に示そうとしていた。

その第一歩が逆賊劉焉を標的とした益州攻めである。

長安から近く後方を荒らす羌も大人しくなった今、新帝による益州攻めを阻むものはない。

阻むものはないのだが、不安はあるわけで。

「だから朕たちは李儒抜きで益州を攻めなきゃいけないわけでしょ？」

「そうですね」

「……どう思う？」

「どう、と言われましても」

劉弁の不安、それは自分たちの師であり、保護者でもある李儒の不在であった。

劉弁からすれば李儒はただの家臣ではない。父である先帝劉宏が死ぬまで、母や伯父以外では誰からも顧みられることがなかった自分を立ててくれた。それだけではない。宦官たちによって仕掛けられていた水銀という罠を看破し、その毒を抜いてくれた上に、皇帝として相応しい人物になれるよう養育してくれた恩人である。

能力的に見ても、政治的知見や戦略的知見に優れ、大将軍である董卓でさえ敵対することを躊躇するほどの実力者だ。それほどの人物を欠いて初陣に臨むのだ。不安を覚えないはずがない。

「朕も司馬懿も初陣だよ？　相手は逆賊とはいえ、それなりに経験豊富な劉焉とその配下を相手にして絶対に勝てるとは言えないんじゃないの？」

「……なるほど。そのようにお考えでしたか」

実のところ司馬懿は初陣ではないし、なんなら司馬懿もその精神性を董卓に恐れられているのだが……劉弁にとって司馬懿はよき友であり、同じ師に学ぶ師兄というべき存在だ。

故に「実は司馬懿も不安に思っているんじゃないか？」と考えていたのだが、幸か不幸か司馬懿にそのような情緒はなかった。

「確かに劉焉と彼が率いる将兵からすれば我々は未熟に映るでしょう。まぁ我々が未熟なのは変えようもない事実でもあるので、この部分は否定のしようがありません」

「うん。そうだよね」

「しかしながら陛下は勘違いをなさっておいでです」

「え？」

自分が絶対に勝てると勘違いをしないのはいいことだ。間違っても黄巾賊を相手に敗れた愚か者のように、なんの根拠もなく『官軍が賊に敗けるはずがない』などと嘯いて戦場に臨むよりは、よっぽどいい。

そう考える司馬懿であったが、同時に糺すべき勘違いというものも存在することを彼は理解していた。

「討伐軍を率いるのは陛下ですが、実際に兵を動かすのは歴戦の将帥である皇甫嵩将軍であり、淳于瓊将軍です。彼らが培ってきた経験は、劉焉や彼が率いる将帥をはるかに凌駕しております」

「あ」

いかに益州で戦を経験してきたとはいえ、所詮は数千単位の話でしかない。劉焉は万の兵を率いて戦ったことはないが、皇甫嵩は官軍の将として、淳于瓊は西園軍の将として万の兵を率いて賊と戦っている。

彼らからすれば劉焉とて細々とした戦しか知らない未熟者である。

「ご理解いただけましたか？　陛下に求められているのは、万の軍勢を上手に動かすことではありません。戦の前に在っては方針を決め。戦場に在っては一〇人の将帥が不足なく動けるよう場を整える。それこそが陛下の仕事です」

「う、うん」

そう。親征とはいえ、劉弁が軍の指揮を執る必要はないのだ。

「師が不在なことに不安があるのはわかります。かく言う私とて不安がないとは言えません。されど、我らとてそれなりにやれると自負しております」

「そ、そうだね！　そうだよね！」

「ええ。故に陛下は些事を我らに任せ、将兵に揺らがぬ姿を見せてくだされればそれで勝てますとも。

ご理解いただけましたか？」

「そっか。うん。わかった！」

「それは重畳」

（陛下の不安は取り除けたようだな。しかしここまで言ったからには無様は晒せぬ）

司馬懿が劉弁に語ったことに嘘はない。

漢全土を見渡しても皇甫嵩や淳于瓊以上に経験を積んだ将はそう多くない。

具体的には、騎馬民族との戦いを経験している董卓や公孫瓚や張楊。黄巾賊の主力と戦った後、各地で残党と戦っている朱儁。彼の指揮下で戦っていた孫堅。あとは黄巾の乱で活躍した上に反董卓連合において董卓軍から執拗に狙われた経験を持つ曹操くらいのものだろうか。故に経験という点では劉焉は脅威たり得ない。それは事実だ。

しかしながら、戦とは経験だけで行うものではない。

（特に厄介なのは地の利を握られていることだろうな）

天の時。地の利。人の和。李儒曰く『それがあれば勝てるわけではないが、戦を始めるために最低限揃えるべき要素』のうち、一点を握られていることは決して軽んじていいことではない。

（窮鼠猫を噛むともいう）

どれだけ噛まれようと最終的には勝てることはわかっている。

だが、無駄な損失は劉弁の名を落とすことに繋がる。

（故に、我らに求められているのは完全無欠の勝利。それ以外にない）

地の利がある相手に完勝する難しさは理解しているつもりだ。

（国家百年の計はこの戦にあり）

しかし、それを理解した上で司馬懿は決意を固めていた。

（全ては私に全幅の信頼を預けて頂いている陛下と、私がいれば自分がいなくても大丈夫だろうと送り出してくれた師の意思に応えるために）

司馬家の麒麟児。もしくは司馬の鬼才。はたまた太傅の懐刀。様々な異名を持ちながらもこれまでは知る人ぞ知る存在でしかなかった少年は、このときまだ自分が焦っていることを自覚できていなかった。

策士の焦りがなにを産むか。彼の少年がそれを知るのはもう少し後のことである。

北を駆ける白馬と高祖の風

幽州広陽郡・薊

「よう兄ぃ。なんかおいらに用があるんだって？」

「来たか劉備。まぁ座れ」

「……いいけどよ」

（なんだ？　なんか機嫌がいいな？）

十月中旬。いつも通り幽州牧としての職務に励んでいた公孫瓚は、執務室に劉備を呼びつけていた。

劉備としては内心で何を言われるのかと警戒していたのが、いつもとどこか様子が違うことに気付き、首を傾げながら大人しく椅子に座ることにした。

そんな素直に自分の指示に従う劉備の様子を見て、一つ頷く公孫瓚。

「ふむ。今のお前なら大丈夫だろう。多分。おそらく。大丈夫だと思いたい」

「ん？　いきなりどうしたんだ？　何か問題でもあったのか？」

「あぁ。いや、問題とはちょぃと違う」

「というと？」

「今回はお前さんに任せたい仕事があってな」

「へぇおいらに？　珍しいねぇ。これまでそんなこと言ったことなかったのに。一体どういう風の吹き回しだい？」

「そりゃあれだ。今までのお前さんはいまいち信用できなかったから重要な仕事を回さなかっただけだ」

「たはは。はっきりと言ってくれるねぇ」

「事実だろうが」

「まぁ、そうだけどよぉ」

実際、数ヶ月前までの劉備はお世辞にも真面目とはいえないような生活をしていた。

一応公孫瓚の側近扱いではあったものの、白馬義従と呼ばれる部隊に所属できるほどの練度はなく、騎兵の機動力を必要とする騎馬民族との戦では活躍することはできていなかった。

かと言って、技量を磨くために努力をするようなことはなかったし、暇な時間を作っては酒を飲みにいったり闘犬に興じたりで、自己を高めることもなければ文官として働くような素振りもみせてはいなかったのだ。このような有様では良い評価をくだされるはずもなく。

結果劉備は『あれはどうにもならん。放っておけ。職務の邪魔をしないのであればそれでいい』という感じで、いわゆる無視に近い扱いを受けるに至っていた。

そんな不良債権そのものである劉備が叩き出されなかったのは、偏に劉備に従う豪傑関羽と張飛が真面目に働き、かつ劉備の幼馴染である簡雍が劉備と公孫瓚の配下との間に軋轢が生まれぬようにうまく立ち回っていたからに他ならない。

故に、公孫瓚陣営における劉備個人に対する評価は極めて低かった。なんなら公孫瓚でさえ諦めて小言を言わなくなっていたくらい、どうしようもない人物だと思われていた。

しかしながら、ここ最近——正確には勅が発令されてから——の劉備は変わった。

酒や闘犬を控えるようになっただけでなく、馬術の訓練をしたり、文官や副官としての仕事を覚えようとしたのである。

未だに拙い部分は多々あれど、これまでの『公孫瓚の同門』だとか『幽州に根を張る属尽』といった甘えはなくなったように思えた。

そんな日々が一ヶ月を越えて、もう少しで二ヶ月になろうとしたのを受けて、公孫瓚は劉備が変わったことを確信し、仕事を割り当てる決断を下したのであった。

とはいえ、真面目に働きだしてから二ヶ月も経っていない劉備を幽州の要職に就けるほど公孫瓚は甘くはないわけで。

「お前さんには一度平原に入ってもらいたい。役職は相を用意する」

相とは県令の代理のようなものであり、県令がいない県ではそのまま県令と同じ扱いになる役職である。

「いきなり相かよ。ずいぶん張り込んだな！」

（逆に言えば張り込みすぎだ。一体なにがあった？　俺の失敗を望む誰かの差し金か？）

思いもしない好待遇であるが、劉備は美味しい話には裏があることを知っている。

特に、ここ最近真面目に働くようになるまでずっと公孫瓚から小言を言われていたし、そんな自分のことを公孫瓚の配下が疎ましく思っていたことも自覚しているとなれば、急な昇進の裏を疑うのは当然のことでもある。

しかし、今回に限っては劉備の穿ち過ぎであった。

「まぁな。もちろんこれは真面目に働くようになったお前さんに対する褒美……ってだけじゃねぇぞ」

「ほーう？　兄ぃの都合もあるってことか？」

「そうだ。こないだの勅で、陛下はお前ら属尽に対して働けって言っただろう？」

「……あぁ」

劉備にとっては他人事ではない。というか、まんま当事者である。

しかしながらこの勅における当事者とは属尽だけではない。

「あれはな。俺らに対して『属尽に働く場を用意しろ』ってことでもあるんだよ」

「へぇ。そういう意味もあったのか……」

「あったんだよ」

劉備が話を理解しようとしていることを理解して（ようやく人の話が聞けるようになったか）と、うんうんと頷きつつ、公孫瓚は話を続ける。

「で、お前さんをきちんとした職に就けることで、俺も天子様に対して『命令通り働かせていますよ』って胸を張って報告できるわけだ」

「あ～。なるほどなぁ」

（今のところ兄ぃの配下にいる属尽は俺だけだ。だから兄ぃは俺を働かせれば勅令を実行していると報告できるわけだ。当然報告するなら目立つ形にしたほうがいい。だからこそ相にするってわけかい）

つまりは公孫瓚の都合である。

こう言われれば、自分が真面目に働くようになったという自覚はあるものの、いきなり県令の代行を任されるほどのものではないと考えていた劉備も、この人事に裏があるわけではないと納得できた。

納得できたので、話は次の段階に移る。

「しっかしなんで平原なんだ？　つーか、そもそも平原って青州じゃなかったか？」

「お、良く知っていたな」

「そりゃそのくらいは知っているさ、で？」

今更確認するまでもないことではあるが、公孫瓚は幽州の牧である。

その職責から幽州に関する人事であれば好きなように任命できるが、他の州の人事に口を挟めるような立場ではないので、いくら公孫瓚が『劉備を平原の相に任命する』と言ったところで、肝心要の青州の牧が認めなければただの空手形にしかならない。それどころか争いの種にしかならないだろう。

相にしてくれるのはありがたいが、空手形兼争いの種を渡されても困るというのが劉備の偽らざる気持ちであった。

しかし劉備の懸念はここでも的を外していた。

「今の青州はちょっとややこしい状況でな」

「はぁ」

「青州牧だった孔融が罷免されたのは知っているな？」

「まぁな」

「で、次の州牧になったのは劉焉様って人なんだが、その人は今益州の州牧をやっているんだよ」

「……あぁ、つまるところ、新しい人がくるまで青州を統治する人がいねぇって話か？」

「そういうことだな。で、その間、青州が荒れないように青州牧の代行を命じられたのが冀州牧の劉虞様だ」

「まぁ、隣だしな」

「地理的に見ればそうだ。でも現在劉虞様は袁紹を抑えるために動いていて、とてもじゃないが青州の面倒を見ている余裕がねぇ」

「そらそうだ」

長安の人間からは落ち目とみられている袁紹だが、袁家の名と反董卓連合の盟主という肩書は決して小さいものではない。特に中央の威が届きづらい地方では、無事に皇帝の地位は継いだものの、その実なんの実績もない愚鈍な子供と噂されている劉弁よりも、袁紹の方が信用できるという人間もいるくらいだ。

それだけの影響力を持つ袁紹を抑えるのは、皇族である劉虞とて簡単ではない。

今のところ公孫瓚が支援しているおかげで武力的に後れをとることはないし、冀州の豪族たちにも迷いがあるため小康状態にあるものの、少しでも均衡が崩れれば冀州が荒れることになるのは明白である。

そんな状況なので、劉虞には青州に手を伸ばす余裕がない。

「そこで白羽の矢が立ったのが、俺ってわけだ」

幽州にとって主敵である烏桓（うがん）や鮮卑は大人しいので多少の余裕はあるし、なにより新帝からの信任厚い劉虞と近しいことを見せる良い機会でもあった。

「つまりな。皇族である劉虞様が認めた以上、後任の劉焉様が文句を言うことはねぇってことさ。

なにかあっても新しく県令を任命するだけだ。で、お前さんが帰ってきたらそのときはこっちで県を任せることになるだろうよ」

「なるほどねぇ」

他の州で経験を積んでくれれば公孫瓚としても助かるし、その実績があれば劉備に配下も文句を言わないだろう。失敗したとしても所詮は他の州のことなので、公孫瓚の懐は痛まないという利点もある。

「加えて、平原は青州に属しているものの他の地域と違って冀州と地続きの位置にあるので、有事の際に援軍を送りやすいというのもあるぞ」

「おぉ。そいつはいいいな！」

「だろ？」

援軍を送りやすいということは即ち、なんらかの問題が発生したときに逃げることも容易(たやす)いということである。劉備にとってはなによりも重要なことであった。

「纏めると、だ。青州に人を送るのは青州の治安を維持するため。それが平原なのは、地続きだからなにか問題があってもすぐに対応できるから。劉虞様じゃなくて俺が送るのは、劉虞様に余裕がねぇから。県令じゃなくて相にするのは、劉虞様や俺が青州の責任者じゃねぇから。お前さんを派遣するのは、最近真面目に働いているのを評価したのと、俺が朝廷に対して属尽を働かせているってことを見せるため。ここまででなにか問題はあるか？」

「……特には思いつかねぇ。あぁいや」

「なんだ？」

「俺の問題じゃねぇんだけどよぉ」

「なんだ。言ってみろ」

「これ、俺もそうだけど、兄ぃが周りの連中から文句を言われるんじゃねぇの？」

今の『公孫瓚の側近』という立場も悪いものではないが、これはあくまでそれ以外に丁度いい立ち位置がなかったからそうなっているだけで、その実情はただ飯喰らいの不良債権である。

それを平原の相とするのだ。文字通り破格の対応である。

しかしそれは、同門とはいえ新参者かつこれまでの勤務態度に多大な問題があった劉備を出世させるということだ。今まで真面目に公孫瓚を支えてきた人間にとって面白いことではないだろう。

自分が不満をぶつけられるのはいい。しかしそれで公孫瓚にまで迷惑がかかるのはよろしくない。

劉備の心情的にというよりは、主に後見人を失うという意味でだが。

「はっ！　やっとお前さんも俺の苦労を考えるようになったか！」

そんな劉備の気持ちを知ってか知らずか、公孫瓚は朗らかに笑う。

「安心しろ、お前さんの扱いについては今までもずっと文句を言われてきたからな！　今更文句が増えたところで変わらんよ！　むしろ厄介払いができたと言えば納得するだろうさ！」

「いやいやいやいや。そんな明るく言うことじゃねぇだろ。それも本人を目の前にしてよぉ」

「はっはっはっ。……今までの自分の行いを顧みるんだな」

「ぐっ！　そう言われるとなんとも言えねぇ……」

でも、いくらなんでも厄介払いはねぇだろ……と呟く劉備だが、実際公孫瓚にしてみれば厄介払いである。

そもそも劉備が自分を頼って来たとき、公孫瓚は劉備をどこかの前線に送るつもりだったのだ。それが叶った――それも勅令に従う形で――となれば文句を言う人間はいない。むしろ公孫瓚と同じように諸手を挙げて賛同することだろう。

一度に色々な問題が片付いて笑顔になる公孫瓚に対し、あまりにもアレな扱いを受けたものの、思わぬ出世をしたことを喜ぶ劉備。

この日二人の英傑は、久方振りに心からの笑みを浮かべながら杯を交わしたそうな。

あとがき

初めましての方は初めまして。そうでない方はお久しぶりでございます。

相も変わらず脳裏に浮かんだ妄想を文章化して皆様のお目汚しをしているしがない小説家の仏ょもでございます。

なんやかんやで拙作『偽典・演義』も第七巻の発行となりました。これも偏に拙作をお手に取ってくださっている読者の皆様のお陰でございます。心より御礼申し上げます。

内容ももちろんですが、前巻に引き続きｗｅｂ版に掲載している分だと文字数が足りなかったため結構な量を書きおろしていますので、ｗｅｂ版を読んでくださっている読者の皆様も満足して頂けるのではないかと自負しております。

そんな今巻のコンセプトは、前巻から続いている反董卓連合解散後の後始末が主なものとなっております。章タイトルは『動乱、そして粛清』です。前巻にて明らかになった黒幕・劉焉の策謀と、それに対する主人公陣営が取った策が見え隠れしている感じ、と言えばわかりやすいのかもしれません。

少し具体的な話をしますと、動乱に関しましては、史実に於いて李傕と郭汜が率いる董卓軍の残党と戦って敗れた馬騰がキーパーソンのような扱いとなっております。

元は同じ涼州人であったはずの彼がなぜ董卓軍の残党と戦うことになったのか。勝利した場合、彼は何をどうするつもりだったのか。そもそも勝算はあったのか。そして残党にさえ勝てなかった彼が、董卓が生きているときに敵対していたらどうなっていたのか。

また、史実に於いて董卓亡き後に長安を荒らし、蔡琰らを連れ去ったとされる匈奴を誰がどんな目的で呼び寄せたのか。

それらの疑問に対して自分なりに出した答え（妄想ともいう）を書かせていただきました。

後半の粛清に関しましては、ある意味そのままですね。

これまで泳がせていた王允一派の処理と、その後についてのお話となります。

真っ先に登場したのが、粛清から逃れるために全力を振り絞り、幾多の勘違いを発生させたうえでしっかりと生還を果たすこととなった楊修青年なのは、まぁご愛敬ということで。

世紀末式有機農法？　粉骨砕身？　なんのことやら。

危険な単語はさておくとして。今回の大掃除を以て王允一派の排除に成功した劉弁陣営ですが、未だ漢帝国には内憂も外患も数多く残っています。

内憂の筆頭である儒家たちは、現在三公の中で唯一残っている楊彪が全面降伏することでひとまず抑えることができていますが、外患として目されている群雄たち、具体的には劉焉・劉岱・劉繇・袁紹・袁術らの動きは未だ不透明なままとなっています。

もし今後一度でも彼らの処理で躓けば、今は押さえつけに成功している儒家たちがいつも通り騒ぎ立てることでしょう。史実でもそうですが、彼らにとって大事なのは自分の家を残すことと、名声を得ることにあります。故に彼らは自分たちが騒いだ結果、皇帝である劉弁の、ひいては漢の威信が落ちることなど気にも留めません。大事なのは自分なのですから。

もちろん漢という大国がきちんと国として機能してこそ自分たちの身分が保障されているという自覚も薄いです。そういう人種だからこそ恥も外聞もなく血税を横領できますし、どれだけ簡単な仕事であっても賄賂が無ければ動かないなんてことが可能なのです。

李儒も司馬懿もそういった人たちを減らすために色々と画策をしていますが、そう簡単に行かないのが世の中というもので……。

ｗｅｂ版ではここで『俺たちの戦いはこれからだ』的な終わり方をしている拙作ですが、このまま終わっては中途半端感が拭えないということなのか、実はアース・スター様のご厚意で続刊を出して頂けるとのことでした。そのため現在、続きを執筆中でございます。

自分としましては、逆賊認定された劉焉への対処や経済政策を始めとした政治的なあれこれや、史実と違ってまだ生きている董卓をこき使おうとする某腹黒氏や、史実と違って皇帝に即位した劉弁にまつわるあれこれなど、史実を脱却したからこそ生じる様々な事柄についての考察という名の妄想を書きたいと思っております。

そうした作者の勝手な妄想を読んで、読者様なりに考察を楽しんでいただければ作者としてこれに勝る喜びはございません。

もちろん、解釈の違いや登場キャラクターの扱いに不快な点もあるかとは思いますが、その点に関しましては個人の感想ということで、寛恕いただきますようお願い申し上げます。

最後になりますが、前巻に続き拙作の七巻を出すことを決意してくださったアース・スター様。イラストを担当していただきましたＪＵＮＮＹ様。作者のせいで様々な苦労をしているであろう編集様。そしてｗｅｂで応援して下さった読者様と、拙作をお手に取って下さった読者様。その他、関係各位の皆様方に心より感謝申し上げつつ作者からのご挨拶とさせて頂きます。

今回もありがとうございました！

載せたイラストは、キャラクターデザイン画の一部です。

JUNNY

ジュンニー

偽典・演義　7
〜とある策士の三國志〜

発行 ―― 2024年1月17日　初版第1刷発行

著者 ―― 仏ょも

イラストレーター ―― JUNNY

装丁デザイン ―― 舘山一大

発行者 ―― 幕内和博

編集 ―― 古里 学

発行所 ―― 株式会社アース・スター エンターテイメント
〒141-0021　東京都品川区上大崎 3-1-1
目黒セントラルスクエア　7F
TEL：03-5561-7630
FAX：03-5561-7632

印刷・製本 ―― 中央精版印刷株式会社

ISBN 978-4-8030-1895-0